Rose

Du même auteur

Aux Éditions Héloïse d'Ormesson

Le Voisin, 2010. Le Livre de Poche, 2011.

Boomerang, 2009. Le Livre de Poche, 2010.

La Mémoire des murs, 2008. Le Livre de Poche, 2010.

Elle s'appelait Sarah, 2007. Le Livre de Poche, 2008.

Aux Éditions Le Livre de Poche

Moka, 2009.

Aux Éditions Fayard

L'Appartement témoin, 1992. J'ai Lu, 2010.

À paraître

Le Cœur d'une autre, Le Livre de Poche.

Spirales, Le Livre de Poche, 2011.

Mariés, pères de famille, Éditions Héloïse d'Ormesson.

www.tatianaderosnay.com

Tatiana de Rosnay
Rose

Éditions Héloïse d'Ormesson

Roman *traduit de l'anglais par Raymond Clarinard*

Titre du manuscrit original :
The House Man

www.editions-heloisedormesson.com

ISBN 978-2-35087-160-8

Pour ma mère, Stella, et mon House Man : NJ.

Paris haché à coups de sabre, les veines ouvertes.
Émile Zola, *La Curée*, 1871

Le vieux Paris n'est plus (la forme d'une ville
Change plus vite, hélas ! que le cœur d'un mortel).
Charles Baudelaire, *Le Cygne*, 1861

Je souhaite que tout cela soit inscrit dans ma chair
quand je serai mort. Je crois à ce genre de cartographie
– savoir que nous sommes marqués par la nature
et ne pas nous contenter d'apposer notre étiquette
sur une carte comme le font les hommes et les femmes riches
qui affichent leur nom sur un immeuble.
Michael Ondaatje, *Le Patient anglais*

Mon bien-aimé,

Je peux les entendre remonter notre rue. Un grondement étrange, menaçant. Des chocs et des coups. Le sol qui frémit sous mes pieds. Et les cris, aussi. Des voix d'hommes, fortes, excitées. Le hennissement des chevaux, le martèlement des sabots. La rumeur d'une bataille, comme en ce terrible mois de juillet si chaud où notre fille est née, cette heure sanglante où la ville s'est hérissée de barricades. L'odeur d'une bataille. Des nuages de poussière suffocants. Une fumée âcre. Terre et gravats.

Je vous écris ces mots assise dans la cuisine vide. Les meubles ont été emballés la semaine dernière et expédiés à Tours chez Violette. Ils ont laissé la table, trop encombrante, ainsi que la lourde cuisinière en émail. Ils étaient pressés, et je n'ai pu souffrir ce spectacle. J'en ai haï chaque minute. La maison dépouillée de tous ses biens en un si court instant. Votre maison, celle dont vous pensiez qu'elle serait épargnée. Ô, mon amour, n'ayez crainte, je ne partirai jamais.

Le matin, le soleil se faufile dans la cuisine, cela m'a toujours plu. Mais sans Mariette pour s'activer, le visage empourpré par la chaleur du poêle, sans Germaine pour grommeler tout en arrangeant les boucles échappées de son chignon serré, cette pièce est aujourd'hui bien lugubre. Avec un peu d'effort, je sentirais presque les bouffées du ragoût de Mariette tissant lentement leur appétissante résille dans la maison. Notre cuisine autrefois pleine de joie est triste et nue sans les casseroles et les marmites scintillantes, sans les herbes et les épices dans leurs petites bouteilles de verre, les légumes frais du marché, le pain chaud sur sa planche à découper.

Je me souviens du jour où la lettre est arrivée, l'an dernier. C'était un vendredi matin. Près de la fenêtre du salon, je lisais *Le Petit Journal* en buvant mon thé. J'apprécie cette heure paisible avant que ne commence la journée. Ce n'était point notre postier habituel. Celui-là, je ne l'avais jamais vu. Un grand bonhomme osseux, une casquette verte et plate recouvrant ses cheveux de lin. Sa blouse de coton bleu au col rouge semblait bien trop large pour lui. Je le vis porter une main leste à son couvre-chef et tendre le courrier à Germaine. Puis il disparut, et je l'entendis siffler doucement en poursuivant son chemin dans la rue.

Après une gorgée de thé, je suis revenue à mon journal. Ces derniers mois, l'Exposition universelle était sur toutes les lèvres. Sept mille étrangers déferlaient chaque jour sur les boulevards. Un tourbillon d'hôtes prestigieux: Alexandre II de Russie, Bismarck, le vice-roi d'Égypte. Quel triomphe pour notre empereur.

Je discernai le pas de Germaine dans l'escalier. Le froufrou de sa robe. Il est rare que j'aie du courrier. D'ordinaire, une lettre de ma fille, quand il lui souvient de se montrer dévouée. Ou de mon gendre, pour la même raison. Parfois, une carte de mon frère Émile. Ou de la baronne de Vresse, à Biarritz, près de la mer, où elle passe ses étés. Sans compter les quittances et taxes occasionnelles.

Ce matin-là, je remarquai une longue enveloppe blanche. Je la retournai. *Préfecture de Paris. Hôtel de Ville.* Et mon nom, en grands caractères noirs. Je l'ouvris. Les mots se détachaient clairement, mais je ne pus les comprendre. Pourtant, mes lunettes étaient bien perchées sur le bout de mon nez. Mes mains tremblaient si fort que je dus poser la feuille sur mes genoux et prendre une profonde inspiration. Je repris la lettre et me forçai à la lire.

– Qu'y a-t-il, madame Rose ? gémit Germaine.

Elle avait dû voir mon expression.

Je rangeai la lettre dans son enveloppe, me levai et lissai ma robe de la paume de mes mains. Une jolie robe, bleu foncé, avec juste assez de volants pour une vieille dame comme moi. Vous auriez approuvé. Je me souviens aussi des chaussures que je portais, de simples chaussons, doux et féminins, et je me souviens du cri que poussa Germaine quand je lui expliquai ce que disait la lettre.

Ce ne fut que plus tard, bien plus tard, seule dans notre chambre, que je m'effondrai sur le lit. J'avais beau savoir que cela devait arriver un jour, ce n'en fut pas moins un choc. Alors que la maisonnée dormait, je trouvai une chandelle et dénichai la carte de la ville que vous aimiez à contempler. Je la dépliai sur la table de la salle à manger, prenant garde à ne pas verser de cire chaude. Oui, je la voyais, cette progression inexorable de la rue de Rennes jaillissant droit dans notre direction depuis la gare de chemin de fer de Montparnasse, et le boulevard Saint-Germain, ce monstre affamé, rampant vers l'ouest depuis le fleuve. De deux doigts tremblants, je suivis leur tracé jusqu'à ce qu'ils se rencontrent. Exactement dans notre rue. Oui, notre rue.

Il règne un froid glacial dans la cuisine, je dois descendre me chercher un châle. Et des gants aussi, mais seulement pour ma main gauche, car de ma droite je veux continuer à vous écrire.

« Jamais ils ne toucheront l'église, ni les maisons autour d'elle », vous étiez-vous gaussé il y a quinze ans, à la nomination du préfet. Lorsque nous avions appris ce qu'il allait advenir de la maison de mon frère Émile, à la création du boulevard de Sébastopol, vous n'aviez toujours pas eu peur : « Nous sommes près de l'église, cela nous protégera. »

Souvent, je vais m'asseoir dans l'église, calme et paisible, pour penser à vous. Il y a dix ans maintenant que vous êtes parti, ce fut comme un siècle pour moi. Je contemple les piliers et les fresques fraîchement restaurés. Je prie. Le père Levasque me rejoint et nous chuchotons dans la pénombre.

– Il faudra plus qu'un préfet ou un empereur pour menacer notre quartier, madame Rose ! Childebert, roi mérovingien et fondateur de notre église, veille sur sa création comme une mère sur son enfant.

Le père Levasque aime me rappeler combien de fois l'église a été pillée, saccagée, brûlée et rasée depuis les Normands au

IXe siècle. À trois reprises, je pense. Comme vous vous trompiez, mon amour.

L'église sera épargnée, mais pas notre maison. La maison que vous aimiez.

Le jour où je reçus la lettre, M. Zamaretti, le libraire, et Alexandrine, la fleuriste, qui avaient reçu le même courrier de la préfecture, montèrent me rendre visite. Leur regard n'osait croiser le mien. Ils savaient que ce ne serait pas aussi terrible pour eux. Dans la ville, il y aurait toujours de la place pour un libraire et une fleuriste. Mais sans le revenu des boutiques, comment pourrais-je joindre les deux bouts ? Je suis votre veuve, et je continue de louer les deux boutiques qui m'appartiennent, l'une à Alexandrine, l'autre à M. Zamaretti. Comme vous le faisiez, comme votre père l'avait fait avant vous, et son père de même.

Une panique fiévreuse s'empara de notre petite rue, qui ne tarda pas à bruisser de tous les voisins, lettre en main. Quel spectacle ! Tout le monde semblait être sorti, et tous vociféraient, jusqu'à la rue Sainte-Marguerite. M. Jubert, de l'imprimerie, avec son tablier taché d'encre, et Mme Godfin, debout sur le seuil de son herboristerie. Il y avait M. Bougrelle, le relieur, qui tirait sur sa pipe. L'aguichante Mlle Vazembert, de la mercerie (que vous ne rencontrâtes jamais, le Seigneur soit loué), allait et venait sur les pavés, comme pour se pavaner dans sa nouvelle crinoline. Notre charmante voisine, Mme Barou, eut un bon sourire quand elle me vit, mais je compris à quel point elle était aux abois. Le chocolatier, M. Monthier, était en larmes. M. Helder, le propriétaire de ce restaurant que vous aimiez, *Chez Paulette*, se mordait nerveusement la lèvre, faisant tressauter sa moustache broussailleuse.

Je portais mon chapeau, je ne sors jamais sans, mais dans la précipitation, beaucoup avaient oublié le leur. Le chignon de Mme Paccard menaçait de s'affaisser tandis qu'elle branlait furieusement du chef. Le docteur Nonant, tête nue lui aussi, agitait un index rageur. M. Horace, le marchand de vin, parvint à se faire entendre au-dessus du tumulte. Depuis que vous nous avez quittés, il est resté le même. Ses cheveux bouclés sont peut-être plus gris, et sa panse a pris un soupçon de volume, mais ses manières flamboyantes et son rire sonore n'ont pas faibli. Ses yeux pétillent, noirs comme du charbon.

– Et que faites-vous donc là, mesdames et messieurs, à caqueter à tue-tête ! À quoi cela va-t-il nous servir ? Je vous offre à tous une tournée, même à ceux qui ne fréquentent jamais mon antre !

Il entendait bien sûr par là Alexandrine, ma fleuriste, que la boisson répugne. Elle m'a dit un jour que son père était mort ivrogne.

La boutique de spiritueux de M. Horace est humide et basse de plafond, et elle n'a pas changé depuis votre époque. Rangée après rangée, des bouteilles couvrent les murs, tandis que de lourdes cuves dominent des bancs de bois. Nous nous sommes tous rassemblés autour du comptoir. Mlle Vazembert prenait une place considérable avec sa crinoline. Je me demande parfois comment les dames mènent une vie normale, engoncées dans ces embarrassants agencements. Comment diable montent-elles en calèche, s'asseyent-elles pour le souper, et que dire des questions privées, naturelles ? L'impératrice y parvient certes sans grand mal, je suppose, elle qui vit entourée de dames de compagnie pour répondre à ses moindres caprices et satisfaire ses moindres besoins. Je suis heureuse d'être une vieille femme de presque soixante ans. Je n'ai pas à suivre la mode, à m'inquiéter de la forme de mon corsage, de mes jupons. Mais je divague, non, Armand ? Il me faut continuer mon histoire. Mes doigts sont de plus en plus froids. Bientôt, je vais devoir préparer du thé pour me réchauffer.

M. Horace distribua de l'eau-de-vie dans des verres étonnamment délicats. Je ne goûtai pas au mien, Alexandrine non plus. Mais personne ne s'en aperçut. Tous étaient affairés à comparer leurs lettres qui commençaient ainsi : « Expropriation par décret ». Nous percevrions une certaine somme d'argent selon nos biens et notre situation. Notre rue Childebert devait être totalement détruite afin de poursuivre le prolongement de la rue de Rennes et du boulevard Saint-Germain.

J'avais la sensation d'être à vos côtés, là-haut, ou quel que soit l'endroit où vous vous trouvez désormais, et de contempler l'agitation au loin. Ce qui, d'une certaine façon, me protégea. Enveloppée dans une sorte d'engourdissement, j'écoutais mes voisins et observais leurs différentes réactions. M. Zamaretti ne cessait d'éponger la sueur perlant sur son front d'un de ses mouchoirs en soie. Alexandrine, elle, restait de marbre.

– Je dispose d'un excellent avocat, déglutit M. Jubert tout en vidant son verre d'eau-de-vie qu'il serrait dans ses doigts sales et tachés de noir. Il va me sortir de là. Il serait grotesque de croire que je puisse abandonner mon imprimerie. J'ai dix personnes qui travaillent pour moi. Le préfet n'aura pas le dernier mot.

Dans une délicieuse ondulation de cotillons froufroutants, Mlle Vazembert s'interposa.

– Mais que pouvons-nous faire contre le préfet, contre l'empereur, monsieur? Cela fait quinze ans qu'ils ravagent la ville. Nous sommes tout bonnement impuissants.

Mme Godfin hocha la tête, le nez rose vif. Puis M. Bougrelle intervint d'une voix forte qui nous surprit tous:

– Il y a peut-être de l'argent à gagner dans tout ça. Beaucoup, si nous jouons finement.

La salle était embrumée de fumée au point que mes yeux me piquaient.

– Allons, mon bon, cingla avec mépris M. Monthier qui avait enfin cessé de pleurnicher, le pouvoir du préfet et celui de l'empereur sont inébranlables. Nous devrions le savoir aujourd'hui, nous qui en avons été témoins plus que de raison.

– Hélas! soupira M. Helder, le visage cramoisi.

Les regardant tous en silence, avec une Alexandrine aussi peu diserte à mes côtés, je remarquai que les plus furieux du lot étaient Mme Paccard, M. Helder et le docteur Nonant. C'étaient sans doute eux qui avaient le plus à perdre. *Chez Paulette* possédait vingt tables, et M. Helder employait du personnel pour tenir son excellent établissement. Vous rappelez-vous comme ce restaurant était toujours plein ? Les clients venaient jusque de la rive droite pour déguster son exquise blanquette.

L'hôtel Belfort se dresse fièrement à l'angle de la rue Bonaparte et de la rue Childebert. Il compte seize chambres, trente-six fenêtres, quatre étages et un bon restaurant. Pour Mme Paccard, perdre cet hôtel, c'était perdre le fruit du travail de toute une vie, ce pour quoi son défunt mari et elle s'étaient battus. Les débuts avaient été difficiles, je le savais. Ils avaient travaillé nuit et jour pour remettre les lieux en état, lui conférer le cachet qui était le sien désormais. En préparation de l'Exposition universelle, l'hôtel affichait complet semaine après semaine.

Quant au docteur Nonant, jamais je ne l'avais vu ulcéré à ce point. Son visage, d'ordinaire calme, était tordu de rage.

– Je vais perdre toute ma clientèle, fulminait-il, tout ce que j'ai bâti année après année. Mon cabinet est d'accès facile, au rez-de-chaussée, pas d'escalier abrupt, les pièces sont grandes, ensoleillées, mes patients s'y sentent bien. Je ne suis qu'à deux pas de l'hôpital où je donne des consultations, rue Jacob. Que vais-je faire maintenant ? Comment le préfet peut-il s'imaginer que je vais me contenter d'une somme d'argent absurde ?

Sachez-le, Armand, c'était un curieux sentiment que d'être dans cette boutique, d'écouter les autres, et de savoir qu'au fond de moi, je ne partageais pas leur colère. Tous me regardaient, attendant que je prenne la parole pour exprimer ma propre peur, en tant que veuve, de perdre mes deux boutiques, et donc mes revenus. Mon amour, comment pouvais-je leur expliquer ?

Comment leur dévoiler ne serait-ce qu'une part de ce que cela signifiait pour moi ? Ma douleur, ma souffrance, se situait au-delà. Ce n'était pas l'argent, mais la maison que j'avais à l'esprit. Notre maison. Et à quel point vous l'aimiez. Et ce qu'elle représentait pour vous.

Au beau milieu de ce tintamarre, Mme Chanteloup, l'accorte blanchisseuse de la rue des Ciseaux, et M. Presson, le charbonnier, firent une entrée spectaculaire. Mme Chanteloup, rouge d'excitation, annonça qu'un de ses clients travaillait à la préfecture, et qu'elle avait vu une copie du plan et du percement du nouveau boulevard. Dans notre voisinage, les rues condamnées étaient les suivantes : la rue Childebert, la rue d'Erfurth, la rue Sainte-Marthe, la rue Sainte-Marguerite et le passage Saint-Benoît.

– Ce qui veut dire, hurla-t-elle, triomphante, que ma blanchisserie et la boutique de charbon de M. Presson ne risquent rien. Ils ne vont pas détruire la rue des Ciseaux !

Ses mots furent accueillis par des soupirs et des grognements. Mlle Vazembert la toisa avec mépris, puis sortit en coup de vent, la tête haute. Ses talons ricochèrent en écho dans la rue. Je me souviens d'avoir été choquée d'apprendre que la rue Sainte-Marguerite, où je suis née, était aussi vouée à disparaître. Mais la véritable angoisse, celle qui me rongeait, celle qui est à l'origine de cette peur qui ne m'a plus quittée, était liée à la destruction de notre maison de la rue Childebert.

Il n'était pas encore midi. Quelques-uns avaient déjà un peu trop bu. M. Monthier se remit à sangloter, hoquets infantiles qui me rebutèrent et m'émurent à la fois. La moustache de

M. Helder s'agita de nouveau de haut en bas. Je retournai chez nous, où Germaine et Mariette m'attendaient, inquiètes. Elles voulaient savoir ce qui allait advenir d'elles, de nous, de la maison. Germaine s'était rendue au marché. On n'y parlait plus que des lettres, de l'ordre d'expropriation, de ce qui serait infligé à notre quartier. Le vendeur des quatre saisons, avec sa carriole délabrée, s'était enquis de moi. Que va faire Mme Rose, avait-il demandé, où va-t-elle aller ? Germaine et Mariette étaient désespérées.

Je retirai mon chapeau et mes gants et demandai calmement à Mariette de préparer le déjeuner. Quelque chose de simple et de frais. Une sole, peut-être, puisque nous étions vendredi ? Germaine eut un large sourire, elle venait justement d'en acheter. Mariette et elle partirent s'affairer en cuisine. Je m'assis, calmement, et repris la lecture du *Petit Journal*. Mes doigts tremblaient et mon cœur battait comme un tambour. Je repensais sans cesse à ce qu'avait dit Mme Chanteloup. Sa rue n'était qu'à quelques mètres de là, juste au bout de la rue d'Erfurth, et elle serait épargnée. Comment cela était-il possible ? Au nom de qui ?

Le soir, Alexandrine vint me rendre visite. Elle souhaitait s'entretenir avec moi de ce qui s'était passé le matin et savoir ce que je pensais de la lettre. Elle fit irruption comme à son habitude, tourbillon d'anglaises enveloppé dans un léger châle noir en dépit de la chaleur. Gentiment mais fermement, elle invita Germaine à nous laisser et s'assit à mes côtés.

Laissez-moi vous la décrire, Armand, puisque je l'ai rencontrée l'année qui suivit votre mort. Si seulement vous l'aviez connue. Elle est peut-être l'unique rayon de soleil de la triste existence que je mène. Notre fille n'est guère un rayon de soleil dans ma vie, mais vous le saviez déjà, n'est-ce pas ?

Alexandrine Walcker a remplacé la vieille Mme Collévillé. Si jeune, me dis-je quand je la vis pour la première fois, il y a neuf ans. Jeune et sûre d'elle. À peine vingt ans. Elle allait et venait d'un pas vif dans la boutique, faisant la moue et lançant des remarques cinglantes. Il est vrai que Mme Collévillé n'avait point laissé des lieux d'une grande propreté. Ni particulièrement chaleureux, d'ailleurs. La boutique et ses dépendances étaient sinistres et sombres.

Alexandrine Walcker. Très grande et osseuse, mais à la gorge incroyablement opulente, semblant jaillir de son long corsage noir. Un visage rond, pâle, presque lunaire, qui me fit craindre au début qu'elle ne fût idiote, mais je ne pouvais davantage me tromper. Dès qu'elle eut posé sur moi son regard brûlant couleur de caramel, je compris. Ses yeux scintillaient d'intelligence. Avec ça, une petite bouche boudeuse qui ne souriait que rarement, un curieux nez en trompette et une épaisse crinière de boucles chatoyantes savamment empilées au sommet de son crâne rond. Jolie ? Non. Charmante ? Pas tout à fait. Il y avait quelque chose de très étrange chez Mlle Walcker, je le sentis sur-le-champ. J'ai oublié de parler de sa voix, dure, grinçante. Elle avait également la curieuse habitude de faire la moue comme si elle suçait un bonbon. Mais je ne l'avais pas encore entendue rire, voyez-vous. Cela prit du temps. Le rire d'Alexandrine Walcker est le son le plus exquis, le plus délicieux que l'on puisse entendre. Comme le chuchotis d'une fontaine.

Elle ne riait assurément pas lorsqu'elle avait considéré la cuisine exiguë et crasseuse et la chambre adjacente, si humide que les murs mêmes semblaient exsuder de l'eau. Puis elle avait prudemment descendu les marches branlantes menant au cellier où la vieille Mme Collévillé avait coutume de garder sa réserve de fleurs. Les lieux ne semblèrent guère l'impressionner, et je fus étonnée d'apprendre par notre notaire qu'elle avait décidé de s'y installer.

Vous souvenez-vous comme la boutique de Mme Collévillé avait toujours l'air morne, même en plein midi ? Comme ses fleurs étaient classiques, incolores et, reconnaissons-le, ordinaires ? Dès qu'Alexandrine prit possession de la boutique, celle-ci connut une transformation éblouissante. Elle arriva un matin avec une équipe d'ouvriers, de jeunes et robustes gaillards qui firent un tel boucan – ponctué de grands éclats de rire – que je dis à Germaine de descendre voir de quoi il retournait. Quand je ne la vis pas revenir, je me hasardai à mon tour. Une fois sur le seuil, je fus éberluée.

La boutique était baignée de lumière. Les ouvriers l'avaient débarrassée des tristes tentures brunes et des apprêts gris de Mme Collévillé. Ils avaient éliminé toute trace d'humidité et repeignaient les murs et les coins dans un blanc lumineux. Ciré de frais, le plancher brillait. Ils avaient abattu la cloison entre la boutique et la pièce du fond, doublant la superficie des lieux. Ces jeunes gens, tous charmants et des plus enjoués, m'accueillirent avec entrain. Je pouvais entendre la voix stridente de Mlle Walcker, qui se trouvait dans le cellier, occupée à donner des ordres à un autre jeune homme.

Lorsqu'elle m'aperçut, elle m'adressa un bref signe de tête. Je sus que j'étais de trop et, aussi humble qu'une servante, pris congé.

Le lendemain, Germaine, le souffle court, me suggéra de descendre pour jeter un coup d'œil à la boutique. Elle semblait si excitée que je reposai précipitamment ma broderie et la suivis. Rose ! Rose, mon amour, et un rose comme vous n'en auriez jamais imaginé. Une explosion de rose. Du rose sombre à l'extérieur, mais rien de trop audacieux ou frivole, rien qui eût pu conférer quelque indécence que ce fût à notre demeure. Une enseigne simple et élégante au-dessus de la porte : *Fleurs. Commandes pour toute occasion.* Les agencements en vitrine étaient adorables, aussi jolis qu'un tableau, bibelots et fleurs, une abondance de bon goût et de féminité, façon idéale d'attirer le regard d'une coquette ou d'un galant gentilhomme en quête d'une seyante boutonnière. Et à l'intérieur, des tapisseries roses, à la dernière mode ! C'était magnifique, et si séduisant.

La boutique débordait de fleurs, les plus jolies fleurs que j'aie jamais vues. Des roses divines aux tons incroyables, magenta, pourpre, or, ivoire ; de somptueuses pivoines aux têtes lourdes et penchées ; et les effluves, mon amour, ce parfum entêtant, languissant qui y flottait, pur, velouté, comme une caresse de soie.

Je restai là, fascinée, les mains jointes, comme une petite fille. Une fois encore, Alexandrine me considéra, sans sourire, mais je devinai un léger pétillement dans ce regard acéré.

– Ainsi, ma propriétaire approuve le rose ? murmura-t-elle, remettant de l'ordre dans des bouquets de ses doigts rapides et habiles.

Je marmonnai mon assentiment. Face à cette jeune demoiselle hautaine et cassante, je ne savais comment réagir. Au début, elle m'intimidait.

Ce ne fut qu'une bonne semaine plus tard que Germaine m'apporta un carton d'invitation dans le salon. Rose, bien sûr. Et il en émanait un parfum des plus délicats. « Mme Rose souhaiterait-elle passer prendre le thé ? A.W. » Et voilà comment notre merveilleuse amitié naquit. Avec du thé et des roses.

Je n'ai pas à me plaindre de mon sommeil ici, bien que chaque nuit le même cauchemar me réveille. Et ce cauchemar me ramène à un moment terrible que je ne peux pas me résoudre à exprimer, et dont vous ne savez rien.

Ce cauchemar me tourmente depuis trente ans, mais j'ai toujours réussi à vous le cacher. Je reste allongée, sans bouger, attendant que s'apaise le battement de mon cœur. Parfois, je me sens si faible que je tends la main pour saisir un verre d'eau. J'ai la bouche sèche, comme craquelée.

Année après année, ce sont les mêmes images qui reviennent, impitoyables. Il m'est difficile de les décrire sans que la peur s'insinue en moi. Je vois les mains qui écartent les volets, la silhouette qui se faufile à l'intérieur, j'entends grincer les marches. Il est dans la maison. Ô, Seigneur, il est dans la maison. Alors monte en moi un hurlement monstrueux.

Revenons au jour où je reçus la lettre. Alexandrine voulait connaître mes intentions. Où envisageais-je d'aller ? Chez ma fille ? Cela aurait certainement été la décision la plus sage. Quand pensais-je partir ? Pouvait-elle m'être d'une aide quelconque ? Quant à elle, elle trouverait sans doute un autre emplacement le long du nouveau boulevard, elle ne s'inquiétait pas. Cela prendrait peut-être du temps, mais elle avait assez d'énergie pour tout recommencer, même si elle n'était pas mariée. Et d'ailleurs, il aurait été bon que les gens cessassent de l'importuner à ce sujet, cela ne la dérangeait nullement d'être vieille fille, elle avait ses fleurs et elle m'avait, moi.

Je l'écoutais, comme je l'avais toujours fait. Je m'étais habituée à sa voix aiguë, au point de l'apprécier. Quand enfin elle se tut, je lui dis doucement que je n'avais pas l'intention de partir. Elle retint une exclamation. Non, continuai-je, insensible à son agitation grandissante, je resterais ici. Et c'est ainsi que je lui expliquai, Armand, ce que cette maison représentait pour vous. Je lui racontai que vous étiez né ici, comme votre père avant vous, et son père aussi. Que cette maison avait près de cent cinquante ans, et avait vu passer des générations de Bazelet. Personne d'autre que la famille Bazelet n'avait vécu entre ses murs érigés en 1715, quand la rue Childebert avait été percée.

Ces dernières années, Alexandrine m'a souvent interrogée à votre sujet, et je lui avais montré les deux photographies de vous dont je ne me sépare jamais. Celle où vous gisez sur votre lit de mort, et la dernière de vous et moi, quelques années seulement avant votre décès. Votre main est posée sur mon épaule, vous avez l'air terriblement solennel, je porte une robe manteau et suis assise devant vous.

Elle sait que vous étiez grand et bien bâti, les cheveux châtains, les yeux sombres, et que vous aviez des mains puissantes. Je lui ai dit comme vous étiez charmant, doux et pourtant si fort, comme votre gentil rire me comblait de joie. Je lui ai raconté que vous m'écriviez de petits poèmes, les glissiez sous mon oreiller, ou parmi mes rubans et mes broches, et combien je les chérissais. Je lui ai parlé de votre fidélité, de votre honnêteté, et que jamais je ne vous avais entendu proférer un mensonge. J'ai évoqué votre maladie, la façon dont elle avait surgi dans notre vie pour s'y ancrer, tel un insecte rongeant une fleur, petit à petit.

Ce soir-là, je lui expliquai pour la première fois comment la maison avait été source d'espoir pour vous dans ces dernières et terribles années. Vous ne pouviez envisager de la quitter, ne fût-ce qu'un instant, car elle vous protégeait. Et aujourd'hui, dix ans après votre mort, la maison exerce sur moi le même pouvoir. Comprenez-vous maintenant, lui dis-je, que ces murs ont à mes yeux bien plus d'importance qu'une quelconque somme que me versera la préfecture ?

Comme à chaque fois que j'évoquais le nom du préfet, je laissai libre cours à mon mépris le plus cuisant. Lui qui a ravagé l'île de la Cité, détruit six églises, éventré le Quartier latin, tout cela pour ces lignes droites, ces boulevards interminables, monotones, tous ces grands immeubles d'un jaune beurre, construits à l'identique, affreuse combinaison de vulgarité et de luxe superficiel. Ce luxe et cette vacuité où se complaît l'empereur et que j'abhorre.

Alexandrine mordit à l'hameçon, comme toujours. Comment pouvais-je ne pas comprendre que ces grands travaux menés dans notre ville étaient nécessaires ? Le préfet et l'empereur avaient imaginé une cité propre et moderne, avec des égouts adaptés, un éclairage public, une eau débarrassée de ses germes. Comment pouvais-je ne pas le voir, et refuser ainsi le progrès, la salubrité ? Il s'agissait de vaincre les problèmes sanitaires, d'éradiquer le choléra. À ce seul mot, ô mon aimé, j'ai cillé, mais gardé le silence, mon cœur s'affolant... Elle ne s'arrêtait pas, les nouveaux hôpitaux, les nouvelles gares du chemin de fer, la construction d'un nouvel opéra, la mairie, les parcs, et l'annexion des arrondissements, comment pouvais-je être aveugle à tout cela ? Combien de fois usa-t-elle du mot « nouveau » ?

Après un moment, je cessai de l'écouter, et elle finit par s'en aller, aussi irritée que moi.

– Vous êtes trop jeune pour comprendre ce qui me lie à cette maison, dis-je sur le seuil.

Elle se mordit la lèvre, s'interdisant de prononcer un mot. Mais je savais ce qu'elle voulait répliquer. Je pouvais entendre flotter dans l'air sa phrase muette : « Et vous êtes trop vieille. »

Elle avait raison, bien sûr. Je suis trop vieille. Mais pas assez pour abandonner le combat. Pas assez pour ne pas riposter.

Dehors, les bruits violents se sont tus. Mais bientôt, les hommes seront de retour. Mes mains tremblent alors que je manipule le charbon, l'eau. Je me sens fragile, ce matin, Armand. Je sais que je n'ai que peu de temps. J'ai peur. Pas peur de la fin, mon amour, mais de tout ce que je dois vous écrire dans cette lettre. J'ai trop attendu. Je me suis montrée lâche. Pour cela, je me méprise.

Alors que je vous écris ces mots dans notre maison vide et glacée, mon souffle s'échappe de mon nez comme de la fumée. Sur le papier, la plume émet un grattement délicat. L'encre noire scintille. Je vois ma main, sa peau parcheminée, plissée. L'alliance que vous m'aviez passée à l'annulaire et que je n'ai jamais quittée. Le mouvement de mon poignet. Les boucles de chaque lettre. Le temps semble s'écouler sans fin, pourtant je sais que chaque minute, chaque seconde m'est comptée.

Où commencer, Armand ? Et comment ? De quoi vous souvenez-vous ? Vers la fin, vous ne reconnaissiez plus mon visage. Le docteur Nonant avait dit de ne pas s'inquiéter, que cela ne signifiait rien, mais ce fut une longue agonie, mon aimé, pour vous comme pour moi. Cette expression de légère surprise chaque fois que vous entendiez ma voix. « Qui est cette femme ? » grommeliez-vous sans cesse, me désignant moi, qui étais assise le dos raide près du lit. Germaine, qui tenait votre dîner sur un plateau, détournait le regard, le visage empourpré.

Quand je pense à vous, je ne veux pas me rappeler cette lente déchéance. Je veux garder le souvenir des jours heureux. Ceux où cette maison était pleine de vie, d'amour et de lumière. Ceux où nous étions encore jeunes, de corps et d'esprit. Où notre ville n'avait pas encore été malmenée.

J'ai plus froid que jamais. Qu'adviendra-t-il si j'attrape un rhume ? Si je tombe malade ? Je me déplace avec prudence dans la pièce. Personne ne doit me voir. Dieu sait ce qui rôde à l'extérieur. Tout en sirotant ma boisson chaude, je repense à la rencontre fatidique entre l'empereur et le préfet, en 1849. Oui, en 1849. Cette même année terrible, mon amour. Une année d'horreur pour nous deux. Pour l'heure, je ne m'attarderai pas dessus mais j'y reviendrai quand j'aurai rassemblé assez de courage.

Il y a quelque temps, j'ai lu dans le journal que l'empereur et le préfet s'étaient rencontrés dans l'un des palais présidentiels, et je ne peux m'empêcher d'être saisie par le contraste entre les deux hommes. Le préfet, avec sa haute et imposante stature, ses larges épaules, le menton mangé de barbe et le regard bleu, perçant. L'empereur, pâle, maladif, la silhouette fine, les cheveux noirs, la lèvre supérieure barrée d'une moustache.

J'ai lu qu'un mur entier était occupé par un plan de Paris, des lignes bleues, vertes et jaunes sectionnant les rues comme des artères. Un progrès nécessaire, nous avait-on informés.

Il y a près de vingt ans déjà, les embellissements de notre ville avaient été imaginés, pensés, planifiés. L'empereur et son rêve d'une nouvelle cité sur le modèle, m'aviez-vous précisé en interrompant la lecture de votre quotidien, de Londres et de ses grandes avenues. Vous et moi ne sommes jamais allés à Londres, nous ne savions pas ce que voulait dire l'empereur. Nous aimions notre ville telle qu'elle était. Nous étions tous deux des Parisiens, de naissance et d'éducation. Vous aviez respiré pour la première fois dans la rue Childebert, et moi huit ans plus tard, dans la rue Sainte-Marguerite voisine. Nous ne quittions que rarement la ville, notre quartier. Les jardins du Luxembourg étaient notre royaume.

Il y a sept ans, Alexandrine et moi, avec la plupart de nos voisins, avons parcouru à pied tout le chemin jusqu'à la place de la Madeleine, sur l'autre rive, pour assister à l'inauguration du nouveau boulevard Malesherbes.

Vous ne pouvez imaginer la pompe et le cérémonial entourant l'événement. Je crois que cela vous aurait grandement fâché. C'était un jour d'été étouffant, plein de poussière, et la foule était immense. Les gens suaient dans leurs beaux habits. Des heures durant, nous avons été ballottés et pressés contre la garde impériale qui protégeait les lieux. Je brûlais de rentrer chez moi, mais Alexandrine me chuchota que nous nous devions d'être témoins, en tant que Parisiennes, de ce grand moment.

Lorsque enfin arriva l'empereur dans sa voiture, je découvris un homme chétif, au teint jaunâtre. Vous souvenez-vous des rues jonchées de fleurs après son coup d'État ? Le préfet, lui, attendait patiemment sous une énorme tente à l'abri du soleil implacable. Comme l'empereur, il aimait parader, il se plaisait à voir son portrait imprimé dans la presse. Et, après huit années de démolitions sans répit, nous savions tous exactement à quoi ressemblait notre préfet. Ou le baron, comme vous préfériez l'appeler. En dépit de la chaleur éprouvante, nous eûmes droit à d'interminables discours d'autocongratulation. Les deux hommes ne cessaient de se saluer mutuellement, et d'autres furent appelés sous la tente où ils eurent l'illusion d'être des plus importants. Le gigantesque rideau masquant l'entrée du nouveau boulevard s'ouvrit majestueusement. La foule applaudit et lança des vivats. Pas moi.

J'avais compris que ce grand barbu au menton redoutable allait devenir mon pire ennemi.

J'étais tellement occupée à vous écrire que je n'ai pas entendu Gilbert taper à la porte. Il utilise un code, deux coups rapides, puis un long raclement de la pointe de son crochet. Je ne crois pas que vous ayez jamais posé les yeux sur ce curieux personnage, même si je me rappelle que vous aimiez bavarder avec un couple de chiffonniers sur le marché du temps où notre fille était enfant. Je me lève pour lui ouvrir, toujours avec prudence, de peur que nous ne soyons vus. Il est maintenant midi passé et les hommes seront bientôt de retour avec le bruit de tonnerre de leur entreprise assassine. La porte grince, comme elle le fait toujours.

Au premier abord, il peut effrayer. Émacié, noir de saleté et de suie, son visage est sillonné de lignes biscornues comme l'écorce d'un vieil arbre. Ses cheveux sont emmêlés, et ses rares dents sont jaunâtres. Il se glisse à l'intérieur, et sa puanteur, mélange étrange et rassurant d'eau-de-vie, de tabac et de sueur, l'accompagne, mais j'y suis maintenant habituée. Son long manteau noir en lambeaux balaie le sol. Il se tient bien droit, malgré le lourd panier d'osier qu'il porte sur le dos. Je sais qu'il y remise ses trésors, tous les riens et les bricoles qu'il récupère méticuleusement dans les rues à l'aube, une lanterne à la main, son crochet dans l'autre : de la ficelle, de vieux rubans, des pièces, du métal, du cuivre, des mégots de cigare, des épluchures de fruits et de légumes, des épingles, des bouts de papier, des fleurs séchées et, bien sûr, de l'eau et de la nourriture.

J'ai appris à ne pas faire la difficile. Nous partageons un seul repas par jour, que nous mangeons avec les doigts. Certes, ce n'est pas très élégant. L'hiver se durcit, et il devient moins facile de trouver du charbon pour réchauffer notre maigre banquet. Je serais curieuse de savoir où il se procure la nourriture et comment il arrive à me la rapporter alors que les alentours doivent ressembler à un champ de bataille. Mais lorsque je lui demande, jamais il ne me répond. Parfois, je lui donne quelques pièces provenant d'une petite bourse de velours que je garde précieusement et qui contient tout ce que je possède.

Les mains de Gilbert sont sales, mais d'une exceptionnelle délicatesse, comme celles d'un pianiste, avec de longs doigts fuselés. Je n'ai aucune idée de son âge. Dieu sait où Gilbert dort et depuis combien de temps il mène cette existence. Je crois qu'il habite près de la barrière de Montparnasse, où les chiffonniers campent dans une désolation hérissée de cahutes branlantes. Chaque jour, ils descendent sur le marché de Saint-Sulpice en traversant les jardins du Luxembourg.

Je l'ai d'abord remarqué à cause de sa taille et de son curieux haut-de-forme, sans doute abandonné par un gentilhomme, une chose cabossée et piquetée de trous, en équilibre au sommet de son crâne comme une chauve-souris blessée. Il m'avait tendu sa large paume en quête d'un sou, m'adressant un rictus édenté. Je lui trouvai quelque chose d'amical et de respectueux, ce qui était surprenant, car ces garçons peuvent se montrer grossiers et mal embouchés. Sa bienveillance m'attira. Je lui avais donné quelques pièces avant de continuer mon chemin.

Le lendemain, il était là, dans ma rue, près de la fontaine. Il avait dû me suivre. Il tenait un œillet rouge, qui avait sans doute glissé d'une boutonnière.

– Pour vous, madame, avait-il dit, solennel.

Quand il s'était avancé vers moi, j'avais remarqué sa démarche singulière, tirant la jambe droite, raide, qui lui donnait l'allure malhabile d'un étrange danseur.

– Avec les humbles et dévoués compliments de Gilbert, pour vous servir.

Puis il avait ôté son chapeau, dévoilant la masse bouclée de ses cheveux, et s'était incliné jusqu'au sol comme si j'avais été l'impératrice en personne. C'était il y a cinq ou six ans. Ces temps derniers, il est la seule personne à qui je parle.

Je vis une époque d'isolement et de lutte, et me surprends à en supporter les rigueurs. En tant que votre épouse et votre veuve, dame du faubourg Saint-Germain, avec une femme de chambre et une cuisinière sous mon toit, j'ai été gâtée. Pour autant, je ne suis pas incapable de faire face à cette nouvelle existence plus rude. Peut-être m'y étais-je attendue. Je n'ai pas peur de l'inconfort, du froid et de la saleté.

La seule chose que je redoute est de ne pas réussir à vous dire ce que je dois vous révéler tant qu'il en est temps. Lorsque vous vous en alliez, je ne pouvais vous le dire, je ne pouvais exprimer ni mon amour ni mes secrets. Votre maladie m'en empêchait. Au fil des ans, vous vous êtes transformé en un vieil homme infirme. Vers la fin, vous n'aviez plus de patience. Vous ne vouliez pas m'entendre. Vous étiez dans un autre monde. Parfois, votre esprit était d'une étonnante clarté, surtout le matin, et vous redeveniez alors le vrai Armand, celui qui me manquait et que je brûlais de retrouver. Mais cela ne durait guère. La confusion dans votre cerveau reprenait le dessus, impitoyablement, et de nouveau vous m'échappiez. Cela n'a aucune importance, Armand. Je sais que maintenant, vous m'écoutez.

Gilbert, qui se repose à la chaleur de la cuisinière en émail, m'interrompt pour me parler des destructions dans notre quartier. Le magnifique hôtel Belfort de notre rue a succombé. Il n'en reste rien, dit-il. Il a tout vu. Cela n'a pas pris bien longtemps. Un essaim d'hommes armés de pioches. Je l'écoute, frappée d'horreur. Mme Paccard a quitté Paris pour vivre chez sa sœur, à Sens. Jamais elle ne reviendra. Elle s'en est allée à l'automne dernier, lorsque nous avons compris qu'il n'y avait plus d'espoir. Gilbert continue. À présent, la rue Childebert est vide, m'explique-t-il. Tout le monde l'a désertée. C'est un territoire fantôme, glaçant. Je ne peux imaginer de la sorte notre petite rue si animée. Je déclare à Gilbert que la première fois que je suis entrée dans cette maison, c'était pour acheter des fleurs chez Mme Collévillé, il y a près de quarante ans. J'en avais dix-neuf. Cela semble l'amuser et il veut en savoir plus.

Je me rappelle que c'était un jour de printemps, en mai. Un de ces matins radieux, dorés, pleins de promesse. Mère avait soudain eu envie de muguet. Elle m'avait envoyée chez la fleuriste de la rue Childebert, car elle n'aimait pas l'aspect des bourgeons blancs qui dépérissaient dans les paniers du marché.

J'ai toujours chéri les petites rues ombragées qui entouraient l'église, leur tranquillité, loin du bruyant tumulte de la place Gozlin, où je vivais. Mon frère et moi nous promenions souvent dans ce quartier, à quelques pas de chez nous. Ici, il y avait moins de trafic, presque aucune voiture. Les gens faisaient la queue à la fontaine d'Erfurth, se saluant poliment d'un hochement de tête. Les enfants jouaient joyeusement, sous la surveillance de leurs gouvernantes. Les boutiquiers nouaient d'interminables conversations sur leurs pas-de-porte. Parfois, un prêtre en soutane noire, une Bible sous le bras, se dirigeait à la hâte vers l'église voisine. L'été, lorsque les portes de l'église étaient ouvertes, les chants et les prières des paroissiens s'entendaient de la rue.

Quand j'entrai chez la fleuriste, je vis que je n'étais pas seule. Un gentilhomme se tenait là. Il était grand et fort, avec un beau visage et des cheveux noirs. Il portait une redingote bleue et une culotte. Lui aussi achetait du muguet. J'attendis mon tour. Et soudain, il m'offrit une tige ornée d'un bourgeon. Avec une certaine gêne, il me considéra de ses yeux noirs.

Mes joues me brûlaient. Oui, j'étais une créature timide. À l'âge de quatorze ou quinze ans, j'avais pris conscience que je ne laissais pas les hommes indifférents, leur regard s'attardant plus que nécessaire. Au début, cela m'avait ennuyée. J'avais envie de croiser les bras sur ma poitrine, de dissimuler mon visage sous mon bonnet. Puis j'avais compris que c'était ce qui arrivait aux jeunes filles lorsqu'elles devenaient des femmes. Un jeune homme que je rencontrais souvent sur le marché avec ma mère s'était pris de passion pour moi. C'était un garçon lourd, au visage rouge, qui ne me plaisait guère. Ma mère s'en amusait, et m'asticotait à son sujet. Elle était un flamboyant moulin à paroles, et je me réfugiais souvent derrière son imposante présence.

Tout cela fait rire Gilbert. Je pense qu'il apprécie mon histoire. Je lui raconte comment ce grand homme brun ne cessait de me regarder. Ce jour-là, je portais une robe ivoire au col brodé, aux manches gigot, un bonnet de dentelle et un châle. Simple, mais joli. Et oui, je suppose que j'étais agréable à regarder, dis-je à Gilbert. Une silhouette fine (que j'ai conservée en dépit des ans), d'épais cheveux couleur de miel, les joues roses.

Je me demandai pourquoi cet homme ne quittait pas la boutique, pourquoi il traînait ainsi. Quand je sortis après avoir passé commande, il me tint la porte et me suivit dans la rue.

– Pardonnez-moi, mademoiselle, murmura-t-il. J'espère sincèrement que vous reviendrez.

Il avait une voix de basse, profonde, à laquelle je fus immédiatement sensible. Je ne savais que dire. Je me contentai de fixer le muguet.

– J'habite juste là, poursuivit-il, m'indiquant une rangée de fenêtres au-dessus de nous. Cette maison appartient à ma famille.

Il le dit avec une fierté sans fard. Je levai les yeux sur la façade de pierre. C'était une vieille bâtisse, haute et carrée, au toit d'ardoise, qui se dressait à l'angle de la rue Childebert et de la rue d'Erfurth, tout près de la fontaine. Elle avait quelque chose de majestueux. Je dénombrai trois étages, chacun doté de quatre fenêtres aux volets gris et aux rampes de fer forgé, à l'exception des deux lucarnes sur le toit. Sur une porte peinte en vert sombre, au-dessus d'un marteau en forme de main de femme tenant un petit globe, je lus le nom de Bazelet. Je ne savais pas alors, oh non, je n'en avais aucune idée, que ce nom et cette maison seraient un jour miens.

Ma famille, avait-il dit. Était-il marié, avait-il des enfants ? Je sentis mon visage s'empourprer. Pourquoi me posais-je des questions aussi intimes sur cet homme ? Ces iris sombres, intenses, faisaient battre la chamade à mon cœur. Ses yeux ne quittaient pas les miens. C'était donc ici, derrière ces murs de pierre lisse, derrière cette porte verte, que vivait cet homme charmant. Puis je remarquai la présence d'une femme debout à la fenêtre ouverte au premier étage, qui nous regardait. Elle était âgée, vêtue de marron, les traits tirés et marqués, mais un sourire plaisant flottait sur ses lèvres.

– C'est Maman Odette, dit le gentilhomme, avec la même satisfaction tranquille.

J'ai observé son visage de plus près. Il devait avoir cinq ou six ans de plus que moi, mais son attitude le rajeunissait. Ainsi, il vivait ici avec sa mère. Et il n'avait mentionné ni épouse ni enfants. Je ne vis aucune alliance à son doigt.

– Je me nomme Armand Bazelet, murmura-t-il en s'inclinant avec élégance. Je crois que vous vivez dans le quartier, je vous ai déjà aperçue.

Une fois encore, ma langue refusa de se détacher de mon palais. Je hochai la tête, les joues plus roses que jamais.

– Près de la place Gozlin, je crois, continua-t-il.

Je parvins enfin à articuler :

– Oui, j'y vis avec mes parents et mon frère.

Il eut un large sourire.

– Je vous en prie, mademoiselle, dites-moi votre nom.

Il me fixa, implorant. Je manquai sourire.

– Je m'appelle Rose.

Son visage s'éclaira et il disparut promptement dans la boutique. Quelques instants plus tard, il réapparut, me tendant une rose blanche.

– Une rose magnifique pour une magnifique demoiselle.

Je fais une pause, mais Gilbert me pousse à poursuivre. Je lui dis que de retour chez moi, ma mère voulut savoir qui m'avait offert cette fleur.

– Ce prétendant fasciné sur le marché, peut-être ? ricana-t-elle.

Je répondis très calmement qu'il s'agissait de M. Armand Bazelet de la rue Childebert, et elle fit la moue.

– La famille Bazelet ? Les propriétaires ?

Je ne lui avais rien dit de plus et m'étais retirée dans ma chambre, qui donnait sur la bruyante place Gozlin, serrant la rose contre ma joue et mes lèvres, savourant sa caresse veloutée et son parfum délicieux.

Et c'est ainsi que vous entrâtes dans ma vie, mon amour, mon Armand.

Je garde un trésor ici avec moi, un trésor absolu dont jamais je ne me séparerai. Qu'est-ce donc, vous demandez-vous peut-être. Ma robe préférée ? Celle, gris et lavande, que vous appréciiez tant ? Non, pas une de mes chères robes. Je reconnais bien volontiers qu'il me fut fort difficile de m'en défaire. Je venais tout récemment de découvrir la plus adorable des couturières dans la rue de l'Abbaye, Mme Jaquemelle, une dame charmante, et quel œil ! C'était un délice de commander chez elle. En regardant Germaine plier soigneusement ma garde-robe, je fus frappée par la fragilité de nos existences. Nos biens matériels ne sont que de petits riens emportés par le tourbillon de l'indifférence. Gisaient là, emballés par Germaine, mes robes, jupons, châles, vestes, bonnets, chapeaux, sous-vêtements, bas, gants, avant d'être envoyés chez Violette, où ils m'attendraient. Tous ces vêtements sur lesquels je ne poserais jamais plus les yeux, choisis avec une dévotion infinie (oh, l'exquise hésitation entre deux couleurs, deux coupes, deux étoffes). Maintenant, ils n'avaient plus d'importance. À quelle vitesse pouvons-nous changer ! Avec quelle rapidité évoluons-nous, telle la girouette dès que tourne le vent. Oui, votre Rose a renoncé à ses chers atours. Je peux presque vous entendre pousser une exclamation d'incrédulité.

Alors, qu'est-ce donc, je vous prie, que je garde ici près de moi dans un carton à chaussures usé ? Vous brûlez de le savoir, n'est-ce pas ? Eh bien, des lettres ! Une dizaine de lettres précieuses qui ont plus de valeur à mes yeux que des tenues. Vos premières missives d'amour que j'ai conservées pieusement depuis toutes ces années. Celles de Maman Odette. De Violette. De… Je ne peux me résoudre à dire son nom… De mon frère, de la baronne de Vresse, de Mme Paccard, d'Alexandrine.

Voyez, elles sont toutes là. J'aime poser simplement ma main sur la boîte, ce geste rassurant m'apaise. Parfois, je sors une lettre, la lis, lentement, comme si je la découvrais. Une lettre peut révéler tant d'intimité ! Une écriture familière a la même force qu'une voix. Le parfum qui émane du papier fait battre mon cœur plus vite. Vous voyez, Armand, je ne suis pas vraiment seule, puisque ici, je vous ai tout à mes côtés.

Gilbert est parti, il ne reviendra pas avant demain matin, je suppose. Parfois, il réapparaît à la tombée de la nuit, pour s'assurer que tout va bien. Les bruits inquiétants ont repris et j'écris ces lignes depuis l'abri qu'il a confectionné pour moi, dans le cellier de la boutique d'Alexandrine, auquel j'accède par la petite porte dérobée qui relie notre garde-manger à son magasin. Il y fait étonnamment bon, et c'est plus douillet que vous ne le croiriez. Au début, j'avais peur que l'absence de fenêtres ne m'étouffe, mais je m'y suis vite accoutumée. Gilbert m'a fabriqué un lit improvisé, plutôt confortable, avec le matelas de plumes qui se trouvait autrefois dans la chambre de Violette, et un tas de couvertures de laine bien chaudes.

Ici, les chocs et les coups me parviennent assourdis, ils sont moins alarmants. Mais ils semblent se rapprocher de jour en jour. D'après Gilbert, ils ont commencé par la rue Sainte-Marthe et le passage Saint-Benoît, où je me promenais avec mon frère, où vous aviez joué petit garçon. Les pioches ont entamé leur sinistre besogne à cet endroit précis. Je ne l'ai pas vu, mais je peux aisément imaginer les dégâts. Le quartier de votre enfance a été détruit, ô mon doux amour. Disparu, le pittoresque cafetier où vous passiez tous les matins. Disparu, le passage sinueux qui menait à la rue Saint-Benoît, cette petite allée sombre et humide aux pavés inégaux, où un aimable chat tigré gambadait. Disparus, les géraniums roses aux fenêtres, les enfants joyeux courant dans la rue. Tout a disparu.

Dans les replis secrets de notre demeure, je me sens à l'abri. La flamme vacillante de la chandelle projette de grandes ombres sur les murs poussiéreux qui m'entourent. Parfois, une souris se faufile. Nichée ici, je perds la notion du temps. La maison me tient dans son étreinte protectrice. D'ordinaire, j'attends que les chocs s'atténuent. Puis, quand tout est silencieux, je sors discrètement pour étirer mes membres roidis.

Comment pourrai-je jamais quitter cette maison, mon amour ? Cette haute maison carrée, c'est ma vie. Chaque pièce a une histoire à raconter. Retranscrire l'histoire de ce lieu sur le papier est devenu un besoin terrible, irrépressible. Je veux écrire afin que nous ne soyons pas oubliés. Oui, nous les Bazelet de la rue Childebert. Nous avons vécu ici et, en dépit des embûches que le sort nous a réservées, nous y avons été heureux. Et personne, écoutez-moi bien, personne ne pourra jamais nous l'ôter.

Souvenez-vous des premiers beuglements des porteurs d'eau, juste après l'aube, qui montaient vers nous alors que nous étions encore au lit, émergeant lentement du sommeil. Les robustes gaillards longeaient notre rue et passaient ensuite dans la rue des Ciseaux, avec dans leur sillage un âne fatigué chargé de tonneaux. Souvenez-vous du chuintement régulier des brosses des balayeurs et du carillon matinal de l'église, si près que l'on pouvait croire que la cloche sonnait dans notre propre chambre, et comment Saint-Sulpice, non loin de là, répondait en écho, en harmonie. Le début d'un nouveau jour dans notre rue. La promenade matinale jusqu'au marché avec Germaine, quand les pavés étaient encore humides et que les puisards s'étaient vidés pendant la nuit ; le petit trot rue Sainte-Marguerite ; les boutiques qui ouvraient une par une dans le tintement métallique des volets, le long de la rue Montfaucon et jusqu'à la grande place du marché couvert, avec ses effluves appétissants et ses couleurs, un régal pour les sens. Quand Violette était enfant, je l'emmenais avec moi, comme ma mère l'avait fait avec sa propre fille, autrefois. J'emmenais le petit aussi, deux fois par semaine. (Je n'ai pas encore le courage d'écrire son nom. Pardonnez-moi. Seigneur! Quelle lâche je suis.) Vous et moi sommes nés et avons été élevés entre la flèche noire de Saint-Germain et les tours de Saint-Sulpice. Nous connaissons les environs comme notre poche. Nous savons comment le parfum âcre du fleuve peut s'attarder dans la rue des Saints-Pères durant les fortes chaleurs estivales. Nous savons comment les jardins du Luxembourg se parent d'un scintillant manteau de givre pendant l'hiver. Nous savons comment le trafic s'épaissit le long de la rue Saint-Dominique et de la rue Taranne, quand d'élégantes dames sortent à bord de calèches ornées de leurs blasons, quand les conducteurs de fiacres jouent des coudes avec les charrettes surchargées du marché et les omnibus bondés et impatients. Seuls les cavaliers parviennent à se frayer un chemin dans la foule. Rappelez-vous le rythme de nos jours encore jeunes, qui ne s'altéra point alors que je devenais épouse, mère, et enfin votre veuve. Malgré les bouleversements qui, bien des fois, rattrapèrent notre cité quand éclataient crises politiques et soulèvements, jamais nous ne déviâmes de nos préoccupations quotidiennes, la cuisine, le nettoyage et l'entretien de la maison. Quand Maman Odette était avec nous, souvenez-vous à quel point elle prêtait attention à la saveur de sa bouillabaisse ou à la qualité de ses escargots, même lorsque des émeutiers en colère défilaient dans les rues. Et tout ce souci avec son linge, qui devait être parfaitement amidonné. Et la nuit tombée, l'allumeur qui éclairait les réverbères un par un, tout en sifflotant. Les soirs d'hiver, nous

nous installions près de la cheminée. Germaine me tendait une camomille et parfois, vous dégustiez une goutte de liqueur. Comme ces soirées étaient tranquilles, calmes. La lueur de la lampe tremblotait à peine, diffusant une lumière rose apaisante. Vous vous concentriez tant sur votre partie de dominos, puis sur votre lecture. Et moi, sur ma broderie. Nous n'entendions que le pétillement des flammes et votre lente respiration. Ces paisibles crépuscules me manquent, Armand. Quand les ténèbres grandissaient et que le feu se mourait lentement, nous nous retirions. Germaine, comme d'habitude, avait glissé une bouillotte chaude dans notre lit. Et chaque soir cédait place au matin, avec insouciance.

Je revois avec précision notre salon, qui n'est plus aujourd'hui qu'une cosse vide, nue et dépouillée comme une cellule de moine. Quand je vins rencontrer votre mère, ce fut la première pièce où je mis les pieds. Spacieuse, haute de plafond, un papier peint vert émeraude avec des motifs de feuilles, un âtre de pierre blanche. D'épais rideaux damassés couleur de bronze. Quatre grandes fenêtres aux carreaux or, pourpre et violet qui donnaient sur la rue Childebert. De là, nous pouvions voir la fontaine d'Erfurth où tous nos voisins venaient chercher quotidiennement leur eau. Des boiseries raffinées, un chandelier délicat, des poignées de porte en cristal, des gravures représentant des scènes de chasse et des paysages campagnards, des tapis luxuriants. Dans une alcôve, un cactus exotique. Sur l'imposant manteau de la cheminée, un buste en marbre romain, une pendule en or moulu au cadran émaillé, et deux chandeliers d'argent scintillant sous des cloches de verre.

Ce premier jour, avec votre mère, je m'étais imaginé comment vous aviez grandi en ces lieux. Votre père était mort quand vous aviez quinze ans, le mien quand j'en avais deux, dans un accident de cheval. Je ne me souviens pas du mien, et vous ne parliez que rarement du vôtre. Alors que nous prenions le thé, Maman Odette m'avait confié que son époux pouvait se montrer impétueux et avait le tempérament vif, et quel fils patient vous étiez. Vous faisiez preuve d'une nature plus douce, plus gentille.

Je sais que votre mère m'accepta, du jour où vous me présentâtes à elle. Elle était assise dans son fauteuil favori, le grand vert avec les franges, son tricot sur les genoux. Elle devint une seconde mère pour moi, en à peine quelques mois, avant même notre mariage à Saint-Germain. Ma propre mère, Berthe, s'était remariée quand j'avais sept ans avec Édouard Vaudin, une canaille braillarde. Mon frère Émile et moi le détestions. Quelle enfance solitaire nous vécûmes place Gozlin. Berthe et Édouard ne vivaient que pour eux. Nous ne les intéressions pas. Maman Odette me fit le plus beau des cadeaux : elle me donna le sentiment d'être aimée. Elle me traita comme sa propre fille. Des heures durant, nous restions assises dans le salon et, captivée, je l'écoutais me parler de vous et de votre jeunesse, et du respect qu'elle avait pour vous. Elle me décrivait le bébé que vous aviez été, l'élève brillant, le fils loyal qui avait supporté Jules Bazelet et ses crises de colère. Parfois, vous vous joigniez à nous, nous serviez le thé et proposiez des biscuits, sans que jamais vos yeux ne quittent les miens.

Vous m'avez embrassée pour la première fois dans l'escalier, près des marches grinçantes. Pour un homme de votre âge, vous étiez timide. Mais cela me plaisait plutôt, me rassurait.

Quand je venais vous rendre visite, au tout début, c'était comme si la rue Childebert m'accueillait dès que je remontais la rue des Ciseaux jusqu'à la rue d'Erfurth et que j'apercevais le flanc de l'église devant moi. J'étais toujours désemparée à la perspective de rentrer place Gozlin. L'affection de votre mère et votre amour réconfortant tissaient un cocon où je me sentais protégée. Ma mère ne partageait rien avec moi, trop préoccupée par la vacuité de sa vie, les soirées auxquelles elle assistait, la façon de son nouveau chapeau, la tournure de son chignon à la mode. Émile et moi avions appris à nous débrouiller seuls. Nous étions devenus amis avec les boutiquiers et les cafetiers de la rue du Four qui nous appelaient les petits Cadoux et nous offraient des pâtisseries chaudes tout droit sorties du four, des caramels et des gâteries. Les enfants Cadoux, si bien élevés et réservés, vivaient dans l'ombre de leur bruyant beau-père.

Je ne connaissais pas le sens du mot famille avant de vous rencontrer, vous et Maman Odette. Avant que la haute maison carrée à la porte verte au coin de la rue Childebert devienne mon foyer. Mon havre.

Rue Childebert, 12 juin 1828

Mon très cher amour, Rose de mon cœur,

Ce matin, j'ai marché jusqu'au fleuve et je me suis assis un temps sur la rive pour profiter du soleil matinal. J'ai regardé les péniches émettre des bouffées de fumée, vu les nuages se ruer à l'assaut du ciel, et je me suis senti le plus heureux des hommes. Heureux que vous m'aimiez. Je ne crois pas que mes parents se soient jamais aimés. Ma mère a supporté mon père autant qu'elle le pouvait, d'une façon courageuse et généreuse, dont personne ne sut jamais rien car elle ne se plaignait guère.

Quand je pense à la semaine prochaine, lorsque vous serez mienne, à ce moment sacré, la joie me submerge. Je ne peux tout à fait croire que vous, la si belle Rose Cadoux, allez devenir mon épouse devant la loi. Je me suis bien souvent rendu à l'église Saint-Germain, j'y ai été baptisé, y ai assisté à des messes, des mariages, des baptêmes, des obsèques. Je la connais dans ses moindres détails, mais maintenant, dans quelques jours à peine, je sortirai de cette église comme si c'était la première fois, avec vous, mon épouse, à mon bras en ce jour glorieux et béni où je deviendrai votre époux dévoué. Je vous emmènerai, blottie contre moi, dans la maison de la rue Childebert, je vous ferai entrer par cette porte verte, monter cet escalier jusqu'à notre chambre, et je vous montrerai à quel point je vous chéris.

Je vous ai attendue toute ma vie, Rose. Ce n'est pas seulement votre beauté de reine, votre distinction, mais aussi et surtout votre altruisme, votre gentillesse et votre humour. Je suis fasciné par votre personnalité, votre rire, l'adoration que vous vouez aux beaux vêtements, votre démarche, l'or de vos cheveux, le parfum de votre peau. Oui, je suis profondément épris. Jamais je n'ai aimé comme cela. J'avais imaginé une épouse obéissante qui se serait occupée de moi et de mon foyer. Vous êtes tellement plus qu'une épouse ordinaire, car vous êtes tout sauf ordinaire.

Cette maison sera notre demeure familiale, ma douce Rose. Je serai le père de vos enfants. Nos enfants grandiront dans ce quartier. Je veux les voir s'accomplir, avec vous. Je veux que les années passent paisiblement à vos côtés, entre ces murs. Je vous écris cela depuis le salon qui, bientôt, sera vôtre. Cette maison et tout ce qui s'y trouve seront à vous. Cette maison sera le foyer de l'amour.

Vous êtes aimée, Rose, si profondément. Vous êtes jeune encore, mais d'une telle maturité. Vous savez écouter, être attentive. Ô, vos yeux et leur calme beauté, leur force tranquille.

Je ne veux jamais être privé de ces yeux, de ce sourire, de ces cheveux. Bientôt, vous serez mienne, de nom et de corps. Je compte les jours, et l'amour ardent que je vous porte brûle en moi comme une flamme claire.

Éternellement vôtre,

Armand

Quand je repense au salon, je ne peux effacer certaines images de mon esprit. Des images heureuses, bien sûr. Je monte les marches, le soir de nos noces, la douce caresse de la dentelle sur mon visage et mon cou, votre main chaude dans le creux de mon dos. La rumeur des invités, mais je n'avais d'yeux que pour vous. Dans la fraîche pénombre de Saint-Germain, j'avais murmuré mes vœux, trop timide pour seulement vous regarder en face, gênée par le monde derrière nous, ma mère et ses amis à la mode, sa robe criarde, son chapeau scandaleux.

Je revois cette jeune fille en blanc, la main toujours crispée sur le petit bouquet de roses pâles, debout devant la cheminée, l'or de son alliance neuve lui enserrant fermement le doigt. Une femme mariée. Mme Armand Bazelet. La pièce pouvait accueillir au moins cinquante personnes. Champagne et petits-fours. Mais j'avais l'impression d'être seule avec vous. De temps à autre, vos yeux croisaient les miens et je me sentais en sécurité, dans votre amour et dans votre maison, plus que je ne l'ai jamais été. Comme votre mère l'avait fait, la maison m'a prise en affection. Elle m'a acceptée. Je ne me lassais pas de son odeur particulière, mélange de cire d'abeille et de linge propre, d'une cuisine simple et savoureuse.

Mais je n'ai, hélas, pas que des souvenirs heureux et sereins de cette maison. Certains sont simplement trop pénibles à évoquer maintenant. Oui, je manque encore de courage, Armand. Il ne me revient que peu à peu. Soyez patient. Commençons par cela.

Souvenez-vous du jour où nous rentrions d'un voyage à Versailles avec Maman Odette, avant la naissance de Violette, quand nous nous étions aperçus que la porte d'entrée avait été forcée. Nous nous étions rués en haut de l'escalier et avions découvert toutes nos affaires, nos livres, nos vêtements, nos biens entassés en une pile. Les meubles avaient été retournés. La cuisine était un véritable capharnaüm. Les couloirs et les tapis étaient maculés de traces de pas boueuses. Le bracelet en or de Maman Odette avait disparu. Tout comme ma bague d'émeraude et vos boutons de manchettes en platine. Et la cachette où vous teniez de l'argent près de la cheminée avait été vidée. La police arriva, et je crois que quelques hommes fouillèrent le quartier, mais jamais nous n'avons retrouvé ce qui nous avait été volé. Je me souviens de votre déconvenue. Vous fîtes poser une nouvelle serrure sur la porte, plus robuste.

Un autre triste souvenir. Le salon me rappelle votre mère. Le jour où je la rencontrai, mais aussi celui où elle mourut, il y a déjà trente ans.

Violette avait cinq ans et était un petit monstre. Seule Maman Odette parvenait à la dompter. Jamais Violette ne faisait de caprice devant elle. Je me demande de quelle magie usait sa grand-mère. Peut-être manquais-je d'autorité. Peut-être étais-je une mère trop gentille, trop laxiste. Pourtant, je n'éprouvais aucun penchant naturel pour Violette. Je tolérais le caractère de ma fille, hérité de son grand-père paternel. C'est le petit garçon qui, plus tard, a pris mon cœur.

Ce jour funeste, vous étiez parti rencontrer le notaire familial près de la rue de Rivoli. Vous ne deviez rentrer que tard le soir, pour le souper. Comme à l'accoutumée, Violette boudait, le visage crispé en une vilaine grimace. Rien ne semblait pouvoir la dérider, ni sa nouvelle poupée, ni un appétissant morceau de chocolat. Dans son fauteuil vert à franges, Maman Odette faisait de son mieux pour récolter un sourire. Comme elle était patiente et ferme ! Tandis que je me penchais sur mon ouvrage, je pensais que j'aurais intérêt à calquer mes initiatives maternelles sur ses manières à la fois calmes, inébranlables et tendres. Comment faisait-elle ? L'expérience, supposais-je. Des années à s'occuper d'un époux ombrageux.

J'entends encore le cliquetis du dé d'argent contre mon aiguille, et le doux chantonnement de Maman Odette caressant les cheveux de ma fille. Le sifflement des flammes dans la cheminée. Dehors, de temps en temps, une voiture passait, ou des pas résonnaient. Un froid matin d'hiver. Les rues seraient glissantes pour la promenade de Violette, après sa sieste. Il faudrait que je lui tienne bien la main, et elle détestait ça. J'avais vingt-sept ans et je menais une existence confortable, placide. Vous étiez un mari attentif et tendre, un peu absent parfois, et vous sembliez curieusement vieillir plus vite que moi. À trente-cinq ans, vous paraissiez plus âgé que vous ne l'étiez. Votre distraction ne m'inquiétait pas, j'y trouvais même du charme, vous oubliiez parfois où étaient vos clés, ou quel jour nous étions, mais votre mère vous faisait toujours remarquer que vous aviez déjà dit cette phrase ou posé cette question.

Je reprisais une chaussette usée, captivée par mon travail. Maman Odette avait cessé de chanter. Le silence soudain me fit lever les yeux pour voir le visage de ma fille. Elle fixait sa grand-mère et avait l'air fascinée, la tête inclinée comme pour mieux regarder. Maman Odette me tournait le dos, se penchant vers l'enfant, ses épaules rondes dans sa robe de velours gris, ses hanches larges. Les yeux de Violette étaient sombres de curiosité. Que pouvait lui dire sa grand-mère, quelle était son expression, lui faisait-elle quelque grimace comique ? Avec un léger rire, je posai la chaussette.

Soudain, Maman Odette émit un râle, un horrible son sifflant, comme si un bout de nourriture avait été coincé tout au fond de sa gorge. Je m'aperçus, terrifiée, que son corps glissait lentement vers Violette, qui n'avait pas bougé, minuscule statue pétrifiée. Je me jetai en avant aussi vite que possible pour agripper le bras de Maman Odette, et quand elle tourna son visage vers moi, je manquai défaillir d'horreur. Il était méconnaissable, livide, ses yeux n'étant plus que deux orbes blancs et tremblants. La bouche grande ouverte, un filet de salive s'échappait de sa lèvre inférieure, et elle s'étouffa de nouveau, une seule fois, ses mains replètes voletant vers sa gorge, impuissantes. Puis elle s'effondra à mes pieds. Je restai là, choquée, incapable de bouger. Je posai mes doigts sur ma poitrine, sentis mon cœur battre à tout rompre.

Elle était morte. Je n'avais qu'à la regarder pour le savoir, son corps immobile, son visage crayeux, ce regard hideux. Violette se précipita dans mes jupes pour s'y cacher, m'agrippant les cuisses à travers l'étoffe épaisse. Je voulus m'arracher à l'étreinte de ses doigts, appeler à l'aide, mais je ne pouvais plus bouger. Je restai simplement là, tétanisée. Il me fallut une bonne minute pour recouvrer mes esprits. Je courus dans la cuisine, surprenant la femme de chambre. Violette s'était mise à pleurer de peur. De longs hurlements aigus qui me perçaient les tympans. Je priai pour qu'elle se taise.

Maman Odette était morte, et vous n'étiez pas là. La femme de chambre poussa un cri quand elle trouva le corps sur le tapis. Je finis par rassembler assez de force pour lui ordonner de se reprendre et d'aller chercher de l'aide. Elle s'enfuit en sanglotant. Incapable de poser à nouveau mon regard sur le corps, je restai avec notre fille qui hurlait. Maman Odette avait paru tout à fait bien au petit déjeuner. Elle avait mangé son petit pain avec appétit. Que s'était-il passé ? Comment cela était-il possible ? Elle ne pouvait pas être morte. Le médecin allait venir, il la ranimerait. Des larmes coulaient le long de mes joues.

Enfin, le vieux docteur monta pesamment l'escalier avec sa sacoche noire. La respiration sifflante, il s'agenouilla pour placer deux doigts sur le cou de Maman Odette. Puis il siffla plus fort encore quand il posa son oreille sur sa poitrine. J'attendis en priant. Mais il secoua sa tête grisonnante et ferma les yeux de Maman Odette. C'était fini, elle était partie.

Je n'étais qu'une enfant quand mon père était mort, et je n'en avais aucun souvenir. Maman Odette était la première personne que j'aimais à s'en aller. Comment ferais-je face sans son bon visage, sans le son de sa voix, ses facéties, son rire charmant ? Partout dans la maison, des objets me la rappelaient. Ses éventails, ses bonnets, sa collection de petits animaux en ivoire, les gants ornés de ses initiales. Sa Bible, qui ne quittait jamais son réticule. Les petits sachets de lavande qu'elle glissait çà et là, leur parfum enchanteur.

Peu à peu, le salon se remplit de monde. Le prêtre qui nous avait mariés arriva et entreprit de me réconforter, en vain. Les voisins commencèrent à se rassembler devant la maison. Mme Collévillé était en larmes. Tout le monde aimait Maman Odette.

– C'est son cœur, sans aucun doute, déclara le vieux docteur alors que l'on emportait le corps dans la chambre. Où est votre mari ?

Tous ne cessaient de demander où vous étiez. Quelqu'un proposa de vous faire parvenir un message sur-le-champ. Il me sembla que c'était Mme Paccard. Je farfouillai dans votre bureau pour trouver l'adresse du notaire. Puis, tout en caressant la tête de ma fille, je ne pus m'empêcher de penser à ce messager de mauvais augure en route pour vous rejoindre, se rapprochant inexorablement de vous. Vous ne saviez pas. Vous étiez avec maître Regnier, à éplucher promesses et investissements, et vous n'aviez aucune idée de ce qui s'était passé. Avec un tressaillement, j'imaginai votre regard quand on vous tendrait le bout de papier, comment votre visage pâlirait quand vous prendriez conscience de la nouvelle, comment vous vous lèveriez en titubant avant de passer votre grand manteau sur vos épaules, votre haut-de-forme de travers, oubliant votre canne dans votre hâte. Puis le chemin de retour, la traversée d'un pont dans une calèche qui semblerait avancer à la vitesse d'un escargot, le trafic engorgé, les rues gelées, l'horrible martèlement de votre cœur.

Vos traits quand vous êtes entré. Jamais je ne les oublierai. Elle était tout pour vous, comme pour moi. Elle était le pilier de notre vie, notre source de sagesse. Nous étions ses enfants. Elle s'occupait si tendrement de nous. Qui prendrait soin de nous désormais ?

Cette affreuse journée traîna en longueur, grevée par les conséquences du décès et leurs exigences. Les condoléances affluèrent, fleurs, cartes, chuchotements et murmures, les habits de deuil et leur noirceur désespérante. Notre porte d'entrée drapée de noir, les passants se signant.

La maison me protégeait, me tenait solidement entre ses murs de pierre comme un robuste vaisseau en pleine tempête. Elle me soigna, m'apaisa. Vous étiez pris par la paperasserie et la préparation des funérailles au cimetière du Sud, où reposaient votre père et vos grands-parents. La messe devait avoir lieu à Saint-Germain. J'observai votre agitation intense. Violette se montra inhabituellement silencieuse, serrant sa poupée contre sa poitrine. Les gens virevoltaient autour de nous en un ballet interminable. De temps à autre, une main affectueuse venait me tapoter le bras ou me proposer une boisson.

Une fois encore, le visage blanc de Maman Odette revint flotter devant mes yeux. L'étouffement, le sifflement. Avait-elle souffert ? Aurais-je pu l'empêcher ? Je pensais à nos promenades quotidiennes au marché, puis au-delà jusqu'à la rue Beurrière, et ensuite la cour du Dragon où elle aimait baguenauder entre les ateliers et bavarder avec le forgeron. Son petit pas tranquille, me tenant par le bras, le dodelinement de son bonnet près de mon épaule. Quand nous atteignions la rue Taranne, elle aimait faire une pause, les joues roses, le souffle court. Elle me regardait de ses yeux marron, si semblables aux vôtres, et me souriait. « Que vous êtes donc jolie, ma Rose. » Jamais ma mère ne m'a dit que j'étais jolie.

Rue Childebert, 28 septembre 1834

Ma très chère Rose,

Comme la maison est vide sans vous, sans Armand et la petite ! Mon Dieu, elle semble soudain si grande, les murs eux-mêmes se font l'écho de ma solitude. Deux longues semaines avant que vous ne rentriez de votre voyage en Bourgogne. Comment diable vais-je tenir ? Je ne peux souffrir de rester assise seule dans le salon. Mon tricot, mon journal, ma Bible, tout me tombe des mains. Je comprends maintenant, en ces lugubres instants, à quel point vous comptez pour moi. Oui, vous êtes la fille que je n'ai jamais eue. Et je sens que je suis plus proche de vous que votre mère, qu'elle soit bénie. Quelle chance nous avons de nous être trouvées à travers mon fils. Vous êtes la lumière de nos vies, Rose. Avant votre venue, il régnait une certaine morosité entre ces murs. C'est vous qui y avez apporté le rire, la joie.

Je pense que vous n'avez aucune idée de tout cela. Vous êtes une personne si généreuse, si pure, Rose. Mais cette douceur dissimule une très grande force. Je me demande parfois comment vous serez à mon âge. Je ne peux certes vous imaginer en vieille dame, vous qui êtes la jeunesse incarnée. Le joli balancement de votre démarche, la richesse dorée de vos cheveux, votre sourire et ces yeux. Oh oui, ma Rose, ces yeux. Jamais ils ne pâliront. Quand vous serez vieille et grise comme je le suis, vos yeux continueront de flamboyer, si bleus.

Pourquoi êtes-vous venue si tard dans ma vie ? Je sais qu'il ne me reste plus beaucoup d'années à vivre, le médecin m'a mise en garde au sujet de mon cœur, et l'on ne peut y faire grand-chose. Je fais mes petites promenades, sans vous, et elles sont bien moins agréables. (Mme Collévillé m'accompagne, mais elle marche très lentement et il flotte autour d'elle une odeur sure et déplaisante...)

Hier, nous avons assisté à une bagarre dans la rue de l'Échaudé. Ce fut merveilleusement dramatique. Un homme avait sans doute abusé de la fée verte et importunait une femme joliment vêtue. Un autre lui a dit de cesser, l'a repoussé, mais l'ivrogne s'est jeté sur lui. Il y a eu craquement sinistre, un cri, du sang, et le pauvre homme qui avait tenté de sauver la dame a eu le nez cassé. C'est alors qu'un troisième homme s'est jeté dans la mêlée, et bientôt, le temps de reprendre son souffle, toute la rue était pleine d'hommes qui s'empoignaient, en sueur. La dame est restée là, agrippant son parasol, l'air aussi joli que parfaitement idiot. (Oh, vous auriez adoré sa tenue, je l'ai gardée en mémoire exprès pour vous : une de ces robes en forme de sablier, un délice à pois bleus, et un bonnet plutôt coquin, orné d'une plume d'autruche qui tremblait autant qu'elle.)

Rentrez vite, ma très chère Rose, et ramenez mes chéris en bonne santé à la maison.

Votre belle-mère qui vous adore,

Odette Bazelet

J'ai mal dormi la nuit dernière. Le cauchemar est revenu me tourmenter. L'intrus, montant l'escalier lentement, prenait son temps, parfaitement conscient de ma présence là-haut, endormie. Le grincement des marches, avec quelle précision je l'entends, et comme il m'emplit de terreur. Je sais qu'il est toujours risqué de ressusciter le passé. Cela éveille troubles et regrets. Quoi qu'il en soit, le passé est tout ce qui me reste.

Je suis seule maintenant, mon amour. Violette et mon gendre arrogant croient que je suis en route pour les rejoindre. Mes petits-enfants attendent leur grand-mère. Germaine se demande où est Madame. Mes meubles sont arrivés la semaine dernière, mes valises et mes malles ont été expédiées il y a quelques jours. Germaine a probablement déballé tous mes vêtements, et ma chambre dans leur grande maison qui domine la Loire est sans doute prête. Des fleurs près du lit. Des draps propres. Quand ils commenceront à se faire du souci, ils m'écriront sûrement. Cela ne m'inquiète guère.

Il y a près de quinze ans, quand le préfet a entamé ses destructions massives, nous apprîmes que le logement de mon frère allait être abattu pour l'ouverture du nouveau boulevard de Sébastopol. Cela n'avait pas paru déranger Émile, qui devait toucher une belle somme en compensation. Avec son épouse Édith et leurs enfants, ils avaient décidé de déménager à l'ouest de la ville, où résidait sa belle-famille. Émile n'était pas comme vous, il n'était pas attaché aux maisons. Pour vous, elles ont une âme, un cœur, elles vivent et respirent. Les maisons ont une mémoire. Émile est aujourd'hui un monsieur âgé, il a de la goutte et plus un cheveu. Je pense que vous ne le reconnaîtriez pas. Je trouve qu'il ressemble à ma mère, même si, fort heureusement, il n'a ni sa vanité ni sa vacuité. Seulement ce long nez et ce menton à fossette dont je n'ai pas hérité.

Après la mort de notre mère, juste après le coup d'État, et après que la maison d'Émile eut été rasée, nous ne le vîmes plus beaucoup, n'est-ce pas ? Nous n'allâmes même pas à Vaucresson découvrir sa nouvelle demeure. Mais vous aimiez bien mon petit frère, Mimile, comme nous le surnommions affectueusement. Vous lui étiez attaché comme s'il avait été votre propre petit frère.

Un après-midi comme les autres, vous et moi avions décidé de nous rendre jusqu'aux chantiers de rénovation pour en suivre la progression. Émile était déjà installé dans son nouveau domicile avec sa famille. Vous marchiez lentement alors, Armand, votre maladie vous affaiblissait, il ne vous restait que deux ans à vivre. Vous pouviez encore vous promener tranquillement à mes côtés, vous accrochant à mon bras.

Nous n'étions pas préparés à ce qui nous attendait. Ce n'était plus Paris, c'était la guerre. Notre paisible faubourg Saint-Germain n'avait plus rien de familier. Nous avions remonté la rue Saint-André-des-Arts, comptant déboucher comme d'habitude dans la rue Poupée, mais cette dernière avait disparu. À la place béait un gouffre gigantesque bordé de bâtisses en ruine. Nous regardâmes autour de nous, éberlués. Mais où diable se trouvait l'ancienne maison d'Émile ? Son quartier ? Le restaurant de la rue des Deux-Portes où nous avions célébré son mariage ? La boulangerie réputée de la rue Percée ? Et cette jolie boutique où j'avais acheté des gants brodés à la mode pour Maman Odette ? Il ne restait rien. Nous avançâmes, pas à pas, le souffle coupé.

Nous découvrîmes que la rue de la Harpe avait été sauvagement tronquée, de même que la rue Serpente. Tout autour de nous, des édifices branlants semblaient trembler dangereusement, encore ornés de lambeaux de papier peint, de traces brûlées et noircies d'anciennes cheminées, de portes suspendues à leurs gonds, de volées intactes de marches montant en spirale vers le néant. C'était un spectacle hallucinant, et l'évoquer aujourd'hui me donne encore la nausée.

Nous nous frayâmes prudemment un chemin jusqu'à un endroit plus abrité, considérant avec angoisse les profondeurs de la fosse. Des hordes d'ouvriers armés de pioches, de pelles et de masses se déployaient comme une puissante armée parmi des montagnes de gravats et des nuages mouvants qui nous piquaient les yeux. Des colonnes de chevaux tiraient des planches sur des charrettes. Çà et là, de grands feux brûlaient avec une rage furieuse tandis que des hommes jetaient inlassablement des poutres et des débris dans les flammes voraces.

Le bruit était abominable. Vous savez, je peux encore entendre les cris et les hurlements des ouvriers, l'insupportable martèlement des pioches creusant la pierre, les chocs assourdissants qui faisaient frémir le sol sous nos pieds. Nos vêtements furent bientôt maculés d'une fine couche de suie, nos chaussures engluées dans la boue, et le bas de ma robe détrempé. Nos visages étaient gris de poussière, nos lèvres et nos langues desséchées. Nous toussions et hoquetions, et des larmes roulaient sur nos joues. Je pouvais sentir votre bras trembler contre le mien. Nous n'étions d'ailleurs pas les seuls spectateurs. D'autres personnes s'étaient rassemblées pour assister aux destructions. Impressionnées, elles contemplaient le chantier, le visage souillé, les yeux rouges et larmoyants.

Comme tous les Parisiens, nous savions que des parties de notre ville devaient être rénovées, mais jamais nous n'aurions imaginé un tel enfer. Et pourtant, me disais-je, paralysée par le spectacle, ici ont vécu et respiré des gens dont c'était le foyer. Sur le mur qui se désintégrait, on apercevait les vestiges d'une cheminée, et la trace diffuse d'un tableau qui avait dû être accroché là. Ce joyeux papier peint avait sans doute orné la chambre d'un autre, qui avait dormi et rêvé là, et maintenant, qu'en restait-il ? Un désert.

Vivre à Paris sous le règne de notre empereur et de notre préfet était comme vivre dans une ville assiégée, envahie chaque jour par la saleté, les gravats, les cendres et la boue. Nos vêtements, nos chaussures et nos chapeaux étaient toujours poussiéreux.

Nos yeux nous piquaient constamment, nos cheveux étaient recouverts d'une fine poudre grise. Quelle ironie du sort, pensais-je en vous tapotant le bras : tout près de cet énorme champ de ruines, d'autres Parisiens poursuivent tranquillement leur existence. Ce n'était que le début, nous n'imaginions pas encore ce qui nous attendait. Nous supportions ces travaux d'embellissement depuis trois ou quatre ans. Nous ne pouvions pas savoir alors que le préfet ne faiblirait pas, qu'il infligerait à notre cité ce rythme inhumain d'expropriations et de démolitions pendant encore quinze longues années.

Nous décidâmes soudain de partir. Vous étiez d'une pâleur mortelle et peiniez à respirer. Comment pourrions-nous jamais rentrer rue Childebert ? Nous nous trouvions en territoire inconnu. Où que nous nous tournions, en proie à la panique, nous nous heurtions au pandémonium, à des bourrasques de cendres, au tonnerre des explosions, à des avalanches de briques. De la boue et des déchets gluants bouillonnaient à nos pieds tandis que nous tentions désespérément de trouver une issue. « Écartez-vous, grands dieux ! » beugla une voix en colère alors que toute une façade s'écroulait à peu de distance de là dans un fracas assourdissant auquel se mêlait le hurlement suraigu du verre brisé.

Il nous fallut des heures pour revenir chez nous. Ce soir-là, vous restâtes longtemps silencieux. C'est à peine si vous aviez touché votre dîner, et vos mains tremblaient. Je réalisai que vous emmener voir les destructions avait été une terrible erreur. Je m'efforçai de vous réconforter, vous répétant les mots mêmes que vous aviez prononcés à la nomination du préfet : « Jamais ils ne toucheront l'église, ni les maisons autour d'elle, nous ne risquons rien, la maison ne risque rien. »

Vous ne m'écoutiez pas. Vos yeux étaient vitreux, écarquillés, et je savais que vous continuiez à voir les façades s'effondrer, les essaims d'ouvriers s'acharnant sur les édifices, les flammes dévorantes dans le gouffre. Ce fut à cet instant, je crois, que les signes de votre maladie se firent plus manifestes. Je ne les avais pas remarqués auparavant, mais ils étaient maintenant évidents. Votre esprit était en proie à quelque confusion. Vous étiez agité, distrait, vous aviez l'air perdu. C'est à partir de là que vous avez refusé de quitter la maison, même pour une courte promenade vers les jardins. Vous vous teniez dans le salon, le dos droit, face à la porte. Vous restiez assis là pendant des heures, sans prêter attention à ma présence, ni à celle de Germaine, ou de quiconque vous adressait la parole. Vous étiez l'homme de la maison, marmonniez-vous. Oui, c'était exactement ce que vous étiez, l'homme de la maison. Personne ne toucherait à votre maison. Personne.

Après votre mort, les destructions ont continué, sous la direction de l'impitoyable préfet et de son équipe assoiffée de sang, mais dans d'autres parties de la ville. Quant à moi, je ne pensais plus qu'à apprendre à survivre sans vous.

Mais il y a deux ans, bien avant que n'arrive la lettre, un incident survint. Alors, je sus. Oui, je sus.

Cela se produisit alors que je quittais la boutique de Mme Godfin avec mon infusion à la camomille. Je remarquai un gentilhomme debout au coin de la rue devant la fontaine. Il était occupé à installer méticuleusement un appareil photographique, son respectueux assistant lui tournant autour. Il était tôt, je me souviens, et la rue était encore calme. L'homme était petit et râblé, le cheveu et la moustache grisonnants. Je n'avais pas vu beaucoup de ces appareils auparavant, sauf chez le photographe de la rue Taranne qui avait fait nos portraits.

M'approchant de lui, je ralentis et l'observai à l'ouvrage. L'affaire semblait compliquée. Au début, je ne pus comprendre ce qu'il était en train de photographier, puisqu'il n'y avait personne en vue à part moi. Son engin était tourné vers la rue des Ciseaux. Alors qu'il s'escrimait, je demandai discrètement au jeune assistant ce qu'ils faisaient.

– M. Marville est le photographe personnel du préfet, déclara le jeune homme, la poitrine se gonflant presque d'orgueil.

– Je vois… répondis-je. Et qui donc M. Marville compte-t-il photographier à présent ?

L'assistant me toisa comme si je venais de dire quelque chose d'incroyablement idiot. Il avait un visage balourd et de mauvaises dents pour son âge.

– Eh bien, madame, il ne photographie pas les gens. Il photographie les rues.

Il bomba de nouveau le torse avant de lâcher :

– Selon les ordres du préfet, et avec mon aide, M. Marville photographie les rues de Paris qui doivent être détruites pour les rénovations.

Vaucresson, 28 avril 1857

Ma chère sœur,

Nous sommes maintenant installés dans notre nouveau domaine, à Vaucresson. Je pense qu'il ne vous faudrait qu'une ou deux heures pour venir nous voir, si Armand et vous décidiez de passer, ce que j'espère bien. Mais je sais bien que cette visite dépend de la force de ton époux. La dernière fois que je l'ai vu, sa santé avait déjà beaucoup décliné. Je t'écris ces mots pour te dire à quel point je trouve votre situation injuste. Ces dernières années, Armand et toi m'avez toujours semblé être un couple profondément heureux. Un tel bonheur est rare, selon moi. Sans doute te souviens-tu de notre enfance misérable, l'affection superficielle que nous accordait notre mère (bénie soit son âme). Moi aussi, j'ai fondé une famille avec Édith, mais je ne crois pas partager avec mon épouse quelque chose d'aussi profond et fort que ce qui te lie à ton mari. Oui, la vie a été cruelle envers vous, et je ne peux toujours pas me résoudre à écrire le nom de mon neveu. Mais en dépit des coups du sort, Armand et toi avez toujours su reprendre le dessus, et j'admire cela sans aucune réserve.

Je pense que notre nouvelle maison te plairait, Rose. Elle se tient sur une hauteur, et dispose d'un grand jardin verdoyant que les enfants adorent. Elle est spacieuse et ensoleillée, et très joyeuse. Elle est loin du bruit et de la poussière de la ville, loin des œuvres du préfet. Parfois, je me dis qu'Armand serait plus heureux dans un endroit comme celui-ci que dans la sombre rue Childebert. Le doux parfum de l'herbe, les arbres autour, le chant des oiseaux. Mais je sais à quel point vous aimez votre quartier. Curieux, n'est-ce pas ? Tout au long de mon enfance avec toi place Gozlin, j'ai rêvé qu'un jour, je m'en irais. Édith et moi avons longtemps vécu dans la rue Poupée condamnée, je savais que je ne finirais pas mes jours dans la ville. Quand nous avons reçu la lettre de la préfecture nous informant de la proche destruction de notre maison, j'ai compris que s'offrait à nous le changement que j'avais toujours espéré.

Tu penses que la rue Childebert ne risque rien, Rose, parce qu'elle se trouve tout près de l'église de Saint-Germain. Je sais ce que la maison familiale représente pour Armand. La perte de la maison serait un désastre absolu. Mais ne crois-tu pas qu'il soit déraisonnable d'y attacher une telle importance ? Ne penses-tu pas qu'il serait plus judicieux que vous quittiez la ville ? Je pourrais vous aider à trouver un endroit charmant près de nous, ici, à Vaucresson. Tu n'as pas cinquante ans, il est encore temps de passer à autre chose et de recommencer, et tu sais qu'Édith et moi vous aiderions. Violette est bien mariée, ses enfants sont élevés dans le bonheur à Tours, elle n'a plus besoin de ses parents. Rien ne vous retient à Paris.

Je t'en supplie, Rose, réfléchis-y. Pense à la santé de ton époux et à ton bien-être.

Ton frère qui t'aime,

Émile

Quel doux soulagement d'être certaine qu'aucune âme vivante ne posera les yeux sur ce que j'ai griffonné dans mon réduit. Je me sens libérée, et le fardeau de mes aveux me paraît un peu moins insupportable. Êtes-vous avec moi, Armand ? Pouvez-vous m'entendre ? J'aime me dire que vous êtes à mes côtés. J'aurais voulu avoir un appareil photographique, comme M. Marville, et ainsi graver sur la pellicule chacune des pièces de notre maison afin de l'immortaliser.

J'aurais commencé par notre chambre. Le cœur de notre maison. Lorsque les déménageurs sont venus récupérer nos meubles pour les expédier chez Violette, j'y ai passé un long moment. Je me tenais là où se trouvait le lit, face à la fenêtre, et j'ai pensé : c'est là que vous êtes né, là que vous êtes mort. Là que j'ai donné le jour à nos enfants.

Je n'oublierai jamais le papier jaune canari, les rideaux de velours bordeaux, les tringles à tête en pointe de flèche. La cheminée de marbre. Le miroir ovale dans son cadre doré. Le gracieux bonheur-du-jour, ses tiroirs remplis de lettres, de timbres et de porte-plumes. La petite table marquetée de palissandre où vos posiez vos lunettes, vos gants, et où j'empilais les livres achetés dans la boutique de M. Zamaretti. Le grand lit d'acajou aux ornements de bronze, et vos chaussons en feutre gris sur le côté gauche, où vous dormiez. Non, je n'oublierai jamais comment le soleil y brillait, même les matins d'hiver, glissant ses triomphants doigts d'or le long des murs, transformant le jaune de la tapisserie en feu incandescent.

Quand je repense à notre chambre, la douleur aiguë de l'enfantement me revient. On dit que les femmes oublient avec le temps, mais c'est faux, jamais je n'oublierai le jour où naquit Violette. Ma mère ne m'avait pas entretenue des choses de la vie avant mon mariage. De quoi m'avait-elle parlé, du reste? J'ai beau chercher, je ne peux me souvenir d'une seule conversation intéressante. Votre propre mère m'avait murmuré quelques mots avant que je ne sois alitée pour donner naissance à notre premier enfant. Elle m'avait dit d'être courageuse, ce qui m'avait alors glacée. Le médecin accoucheur était un monsieur fort calme, avare de paroles. Quant à la sage-femme venue me rendre visite, elle était toujours pressée, car une autre dame dans le quartier avait besoin de ses services. J'avais plutôt bien entamé ma grossesse, presque sans nausées ni autres troubles. À vingt-deux ans, j'étais en pleine santé.

La chaleur accablante du mois de juillet 1830. Il n'avait pas plu depuis des semaines. Mes souffrances avaient déjà commencé et l'élancement dans mon dos se faisait peu à peu plus prononcé. Je me demandai soudain si ce qui m'attendait ne risquait pas d'être absolument abominable. Pour l'heure, je n'osais me plaindre. J'étais allongée sur le lit, Maman Odette me tapotait la main. La sage-femme arriva tard. Elle avait été prise dans une émeute et se présenta essoufflée, le bonnet de travers. Nous n'avions aucune idée de ce qui se passait dehors. À voix basse, elle vous informa que la population commençait à manifester, que les choses tournaient à l'aigre. Elle crut que je ne pouvais l'entendre, elle se trompait.

Alors que les heures s'égrenaient et que je saisissais avec une anxiété croissante ce que Maman Odette avait voulu dire en me souhaitant « d'être courageuse », il devint évident que notre enfant avait choisi de faire son entrée dans le monde au beau milieu d'une violente révolution. Depuis notre petite rue, nous pouvions entendre la rumeur montante de l'insurrection. Elle débuta par des hurlements et des cris, par le martèlement des sabots. Des voisins paniqués vous annoncèrent que la famille royale avait pris la fuite.

J'entendis tout cela de bien loin. On posa un linge mouillé sur mon front, mais cela n'apaisa en rien mon mal ni n'atténua la chaleur. Parfois, j'avais des haut-le-cœur, mes entrailles se tordaient, mais je ne rendais rien d'autre que de la bile. En larmes, j'avouai à Maman Odette que je ne pourrais pas aller au bout de cette épreuve. Elle s'efforça de me calmer, mais je sentais qu'elle était inquiète, ne cessant d'aller à la fenêtre, d'où elle observait la rue. Elle descendit discuter avec les voisins. Personne ne semblait se soucier de mon bébé et de moi. Les émeutes étaient la préoccupation première. Que se passerait-il si vous quittiez tous la maison, même la sage-femme, et m'abandonniez là, impuissante, incapable de bouger ? Toutes les femmes connaissaient-elles pareille horreur, ou était-ce seulement moi ? Ma mère avait-elle ressenti cela, et Maman Odette lorsqu'elle vous avait donné le jour ? Des questions impensables que je n'osais formuler, et que je peux désormais écrire, car je sais que personne ne lira ces lignes.

Je me souviens de m'être mise à pleurer sans pouvoir m'arrêter, la terreur me poinçonnant l'estomac. Me tordant sur mon lit baigné de sueur, je pouvais entendre des cris monter par la fenêtre ouverte : « À bas les Bourbons ! » Le grondement sourd des canons nous fit sursauter, et la sage-femme ne cessait de se signer nerveusement. La pétarade sèche de la mousqueterie nous parvenait à peu de distance, et je priai pour que vienne le bébé et que l'insurrection prenne fin. Je ne me souciais pas le moins du monde du sort de notre roi, de ce qui allait advenir de notre ville. Que j'étais égoïste, à ne penser qu'à moi, pas même au bébé, à moi seule et à ma souffrance monumentale.

Cela dura des heures, la nuit devint jour tandis que des tisons brûlants continuaient de me fouailler le corps. Vous vous étiez éclipsé discrètement, et deviez vous trouver en bas dans le salon avec Maman Odette. Au début, je fis tout pour retenir mes cris, mais bientôt, les vagues insupportables de douleur me submergèrent à nouveau, toujours plus violentes. Je ne pus que céder aux hurlements, tout en tentant de les étouffer de ma paume moite ou dans l'oreiller. Emportée dans le délire de mon martyre, je me mis à souffrir à pleins poumons, me moquant de la fenêtre ouverte et de votre présence en bas. Jamais je n'avais crié si fort ni si haut. Ma gorge était éraillée. Je n'avais plus de larmes. Je pensais que j'allais mourir. Et parfois, au comble de l'insupportable, j'en venais à souhaiter la mort.

Mais quand le puissant bourdon de Notre-Dame sonna le tocsin avec vigueur en une litanie infernale qui pénétra mon cerveau épuisé comme un marteau-pilon, le bébé naquit enfin, au plus fort des émeutes, durant la troisième de ces journées sanglantes, alors que l'Hôtel de Ville était pris d'assaut. Maman Odette apprit que le drapeau tricolore du peuple flottait au-dessus des toits et que le drapeau blanc et or des Bourbons avait disparu. Quant à vous, vous aviez entendu dire qu'il y avait de nombreuses victimes dans la population civile.

Une petite fille. J'étais trop lasse pour être déçue. On la posa sur mon sein et, alors que je la contemplais, créature plissée et grimaçante, je n'éprouvai inexplicablement aucun élan d'amour, aucune fierté. Elle me repoussa de ses poings minuscules en miaulant une plainte. Et trente-huit ans plus tard, rien n'a changé. Je ne comprends pas ce qui s'est passé. Je ne peux pas l'expliquer. C'est un mystère pour moi. Pourquoi aime-t-on un enfant et pas un autre ? Pourquoi un enfant repousse-t-il sa mère ? De qui est-ce la faute ? Pourquoi cela survient-il dès la naissance ? Pourquoi ne peut-on rien y faire ?

Votre fille est devenue une femme dure, tout en os et en angles, pas une once de votre douceur, ou de ma gentillesse. Comment peut-on porter des enfants de sa chair, de son sang, et qu'ils vous semblent étrangers ? Elle vous ressemble, je suppose, elle a vos yeux et vos cheveux noirs, votre nez. Elle n'est pas jolie, mais aurait pu l'être, si elle avait souri davantage. Elle ne possède même pas la pétulance de ma mère, sa vanité coquette qui, de temps à autre, était amusante. Que peut bien voir en elle mon gendre, l'élégant et correct Laurent ? Une parfaite maîtresse de maison, j'imagine. Je crois qu'elle est bonne cuisinière. Elle gère la maisonnée de son médecin de campagne d'une main de fer. Et ses enfants… Clémence et Léon… Je les connais si peu… Il y a des années que je n'ai posé mon regard sur leurs doux visages.

C'est aujourd'hui mon seul regret. En tant que grand-mère, j'aurais voulu tisser des liens avec ma descendance. Il est trop tard. Peut-être le fait d'avoir été une fille déçue m'a-t-il transformée en une mère incompétente. Peut-être l'absence d'amour entre Violette et moi est-il ma faute. Peut-être suis-je à blâmer. Je vous vois me caressant le bras avec cette expression, l'air de me dire : « Allons, allons. » Mais voyez-vous, Armand, j'aimais tellement plus le petit garçon. Vous savez, on peut dire que cela fut de mon fait. Aujourd'hui, à l'hiver de mes jours, je peux considérer le passé et affirmer cela presque sans douleur. Mais pas sans remords.

Mon chéri, comme vous me manquez. Je regarde la dernière photographie que j'ai de vous, celle de votre lit de mort. Ils vous avaient passé votre élégant costume noir, celui des grandes occasions. Vos cheveux, à peine striés de gris, avaient été coiffés en arrière, et votre moustache peignée. Vos mains croisées sur la poitrine. Combien de fois ai-je fixé ce portrait depuis que vous êtes parti ? Des milliers, je pense.

Je viens de connaître la pire des frayeurs, mon très cher. Mes mains en tremblent tant que je peux à peine écrire. Alors que je scrutais chaque détail de votre visage, la porte d'entrée a été ébranlée par un puissant raclement. Quelqu'un cherchait à entrer. Je bondis sur mes pieds, le cœur au bord des lèvres, renversant ma tasse de thé. Je restai figée. Risquaient-ils de m'entendre ? Comprendraient-ils qu'il y avait encore quelqu'un dans la maison ? Je m'accroupis près du mur, et me rapprochai lentement de l'entrée. Il y avait des voix dehors, des pieds frottant sur le seuil. Le loquet tressauta encore. Je plaquai mon oreille à la porte, le souffle coupé. Des voix d'hommes qui montaient fort et clair dans le matin glacial.

– Celle-là va bientôt y passer, les travaux commenceront la semaine prochaine, sans aucun doute. Les propriétaires sont partis, elle est aussi vide qu'une vieille coquille.

Un coup à la porte fit vibrer le bois contre ma joue. Je reculai prestement.

– Elle est sacrément costaude, cette vieille porte, remarqua une autre voix d'homme.

– Tu sais à quelle vitesse elles s'écroulent, ces maisons, ricana la première voix. Nous faudra pas longtemps pour la raser, et toute la rue avec, d'ailleurs.

– Pour sûr, cette petite rue et l'autre au coin seront abattues en un clin d'œil.

Qui pouvaient être ces hommes ? me demandai-je alors qu'ils s'éloignaient enfin. Je les épiai depuis une fente dans les volets. Deux jeunes gaillards dans des tenues de tous les jours. Probablement de l'équipe du préfet, chargée des rénovations et des embellissements. Le ressentiment monta en moi. Ces personnes étaient sans cœur, elles ne valaient pas mieux que des goules, sans âme ni émotions. Se souciaient-elles seulement des vies réduites en lambeaux par la destruction des maisons ? Non, certainement pas.

Le préfet et l'empereur rêvaient d'une cité moderne. Une très grande cité. Et nous, le peuple de Paris, n'étions que des pions dans cette gigantesque partie d'échecs. *Nos excuses, madame, votre maison se trouve sur le futur boulevard Saint-Germain. Vous allez devoir déménager.* Comment mes voisins avaient-ils tous vécu cela ? m'interrogeai-je en ramassant avec précaution les morceaux de la tasse brisée. Avaient-ils fondu en larmes en quittant leur domicile, lorsqu'ils s'étaient retournés pour le regarder une dernière fois ? Cette famille charmante un peu plus haut dans la rue, les Barou, où étaient-ils maintenant ? Mme Barou avait eu le cœur brisé à l'idée d'abandonner la rue Childebert. Elle aussi était venue ici jeune mariée, avait donné le jour à ses enfants dans sa maison. Où étaient-ils tous désormais ? M. Zamaretti était venu me faire ses adieux, juste avant l'ordre d'évacuer la rue. Il avait ouvert une nouvelle affaire rue du Four Saint-Germain, avec un autre libraire. Il m'avait fait le baisemain à l'italienne, puis, s'inclinant et s'agitant, il avait promis de me rendre visite à Tours, chez Violette. Nous savions bien sûr tous deux que nous ne nous reverrions pas. Mais jamais je n'oublierai Octave Zamaretti. Après votre départ, Alexandrine et lui m'ont sauvé la vie. Sauvé la vie ? Je peux deviner votre expression d'étonnement absolu. J'y viendrai plus tard, Armand. J'ai bien des choses à vous dire à propos d'Octave Zamaretti et Alexandrine Walcker. Soyez patient, mon doux ami.

M. Jubert s'était volatilisé, peu après la publication du décret d'expulsion. Son imprimerie avait un air désolé, négligé. Je me suis demandé où il s'en était allé, et ce qu'il était advenu de la dizaine d'ouvriers qui venaient chaque jour gagner leur pitance en ces lieux. Je n'aimais guère Mlle Vazembert et ses crinolines, elle avait dû se trouver un protecteur, les dames dotées de ce genre de physique y parviennent toujours sans effort. Mais Mme Godfin me manquait déjà, avec sa robuste silhouette, son sourire de bienvenue quand je passais acheter mes tisanes, sa boutique impeccable qui embaumait les herbes, les épices et la vanille.

Il est difficile d'imaginer que mon petit monde, peuplé des personnages familiers de notre rue, Alexandrine et ses vitrines irrésistibles, M. Bougrelle et sa pipe, M. Helder saluant sa clientèle, M. Monthier et les appétissantes bouffées de chocolat qui émanaient de sa boutique, le rire guttural de M. Horace et ses invitations à venir déguster ses dernières livraisons, difficile de croire que tout cela était voué à disparaître. Notre rue pittoresque avec ses bâtisses étroites blotties autour de l'église allait être balayée de la surface de la terre.

Je savais précisément à quoi ressemblerait le boulevard. J'avais assez vu ce que le préfet et l'empereur avaient infligé à notre ville. Notre quartier tranquille serait pulvérisé afin que la nouvelle artère, large et bruyante, puisse jaillir et se poursuivre juste là, tout près de l'église. Énorme. Avec son trafic, son tumulte, les omnibus, la foule.

D'ici une centaine d'années, quand les gens vivront dans un monde moderne que nul ne peut imaginer, pas même les plus aventureux des écrivains ou des peintres, pas même vous, mon amour, quand vous vous plaisiez à envisager l'avenir, les petites rues paisibles dessinant comme les allées d'un cloître autour de l'église seraient enfouies et oubliées, pour toujours.

Personne ne se souviendra de la rue Childebert, de la rue d'Erfurth, la rue Sainte-Marthe. Personne ne se souviendra du Paris que nous aimions, vous et moi.

J'ai trouvé ici un tesson de verre, parmi les déchets qu'Alexandrine n'a pas eu le temps de jeter. Je peux y voir mon reflet, si je le penche sous un certain angle en prenant garde à ne pas m'entailler le bout des doigts. Avec l'âge, mon visage a perdu de son ovale, il s'est allongé, moins gracieux. Vous savez que je ne suis pas superficielle, mais je suis fière de mon apparence, j'ai toujours prêté attention à mes vêtements, mes chaussures, mes bonnets.

Même aujourd'hui, je ne veux pas avoir l'air d'une chiffonnière. Je fais ma toilette comme je peux, avec l'eau que m'apporte Gilbert et le parfum que je garde près de moi, celui que m'a offert la baronne de Vresse l'an dernier, quand Alexandrine et moi l'avions retrouvée chez elle, rue Taranne, avant d'aller faire des emplettes au Bon Marché.

J'ai toujours les mêmes yeux, ces yeux que vous aimiez. Bleus ou verts, selon le temps. Mes cheveux sont argentés, il n'y subsiste que quelques traces d'or. Je n'ai jamais songé à les teindre, comme le fait l'impératrice, ce que je trouve si vulgaire.

Dix ans, c'est bien long, n'est-ce pas, Armand ? Le fait de vous écrire me rapproche étonnamment de vous. C'est tout juste si je ne vous sens pas en train de lire par-dessus mon épaule, votre souffle sur ma nuque. Il y a longtemps que je ne vous ai pas rendu visite au cimetière. La vue de votre tombe m'est pénible, votre nom gravé sur la pierre, et celui de Maman Odette, mais plus douloureux encore est le nom de notre fils, Baptiste, juste en dessous du vôtre.

J'écris son nom pour la première fois dans cette lettre. Baptiste Bazelet. Oh, quelle douleur, quelle horrible douleur. Je ne peux la laisser entrer, Armand. Je dois lutter, ne pas lui céder. Si je le fais, je sombrerai en elle, elle me videra de mes forces.

Le jour de votre mort, vous avez eu un ultime sursaut de lucidité. Dans notre chambre à l'étage, ma main dans la vôtre, vous m'avez dit : « Préservez notre maison, Rose. Ne laissez pas ce baron, cet empereur… » Puis vos yeux se sont voilés, l'étrangeté est revenue, et vous m'avez de nouveau considérée comme si vous ne me connaissiez pas. Mais j'en avais assez entendu. Je savais parfaitement ce que vous exigiez de moi. Alors que vous gisiez là, la vie vous fuyant, tandis que Violette sanglotait dans mon dos, j'ai pris conscience de la tâche que vous m'aviez confiée. Je m'en acquitterais, je vous en fis la promesse. Dix ans plus tard, mon aimé, et l'heure approche, je n'ai pas faibli.

Le jour où vous nous avez quittés, le quatorzième du mois de janvier, nous apprîmes qu'un terrible attentat avait été perpétré contre l'empereur près du vieil Opéra, rue Le Peletier. Trois bombes avaient été lancées, près de deux cents personnes blessées, et une dizaine tuées. Des chevaux avaient été déchiquetés, et toutes les vitres de la rue fracassées. Le carrosse impérial s'était renversé et l'empereur avait échappé de peu à la mort, ainsi que l'impératrice. J'entendis dire par la suite que sa robe avait été aspergée du sang d'une victime, mais qu'elle s'était malgré tout rendue à l'Opéra, afin de montrer à son peuple qu'elle n'avait pas peur.

Je ne m'intéressai pas à l'attentat, ni au Corse qui le commit, Orsini (qui devait être guillotiné par la suite), pas plus qu'à son mobile. Vous étiez en train de partir, et seul cela comptait pour moi.

Vous êtes mort paisiblement, sans souffrir, dans le lit d'acajou. Vous sembliez soulagé de vous défaire de ce monde et de ce qui y était lié, et que vous ne compreniez plus. Ces dernières années, je vous avais vu sombrer dans la maladie qui rôdait dans les replis de votre esprit et dont les médecins ne parlaient qu'avec prudence. On ne pouvait ni la voir ni la mesurer. Je ne pense pas qu'elle ait seulement eu un nom. Aucun remède n'aurait pu la guérir.

Vers la fin, vous ne supportiez plus la lumière du jour. Dès midi, vous demandiez à Germaine de fermer les volets du salon. Parfois, vous me surpreniez en sursautant dans votre fauteuil, et l'oreille tendue, aux aguets, vous disiez : « Avez-vous entendu, Rose ? » Je n'avais rien entendu, qu'il se fût agi d'une voix, d'un aboiement, du claquement d'une porte, mais j'avais appris à répondre que oui, j'avais entendu, moi aussi. Et quand vous commenciez à répéter sans cesse, agité, les mains crispées, que l'impératrice venait prendre le thé, qu'il fallait que Germaine prépare des fruits frais, j'appris également à hocher la tête et à murmurer d'un ton apaisant que tout cela serait fait, bien sûr. Chaque matin, vous aimiez lire scrupuleusement votre journal, vous l'épluchiez, même les réclames. Chaque fois que le nom du préfet était mentionné, vous lanciez une bordée d'injures, dont certaines particulièrement grossières.

L'Armand qui me manque n'est pas la personne âgée et perdue que vous étiez à cinquante-huit ans, quand la mort vint vous prendre. L'Armand que je brûle de retrouver est ce jeune homme au doux sourire, vigoureux et portant culotte. Nous avons été mariés pendant trente ans, mon amour. Je veux renouer avec ces premiers jours de passion, vos mains sur mon corps, le plaisir secret que vous me donniez. Nul ne lira jamais ces lignes, alors je peux bien vous dire comme vous me satisfaisiez, quel époux ardent vous étiez. Dans cette chambre à l'étage, nous nous sommes aimés comme le devraient un homme et une femme. Puis, quand la maladie commença à vous ronger, vos caresses aimantes se firent plus rares et disparurent lentement avec le temps. Je pensais que je n'éveillais plus votre désir. Y avait-il une autre femme ? Mes craintes se dissipèrent et une nouvelle angoisse se fit jour quand je compris que vous ne ressentiez plus de désir, ni pour une autre femme ni pour moi. Vous étiez malade, et le désir s'était étiolé pour toujours.

Vers la fin, il y eut ce jour abominable où, rentrant du marché avec Mariette, nous avions été accueillies par Germaine en larmes dans la rue, devant la maison. Vous étiez sorti. Elle avait trouvé le salon vide, et votre canne et votre chapeau avaient disparu. Comment cela avait-il pu se produire ? Vous détestiez quitter la maison. Vous ne le faisiez jamais. Nous fouillâmes tout le quartier. Nous entrâmes dans chaque établissement, de l'hôtel de Mme Paccard à la boutique de Mme Godfin, mais personne, que ce fût M. Horace qui passait beaucoup de temps sur son pas-de-porte ou les gens de l'imprimerie prenant une pause, ne vous avait vu ce matin-là. Il n'y avait aucun signe de vous. Je me précipitai au commissariat près de Saint-Thomas-d'Aquin et expliquai la situation. Mon époux, un monsieur âgé un peu dérangé, avait disparu, et ce depuis trois heures. Je répugnai à décrire le mal qui vous affectait, à leur dire que vous aviez perdu la tête, que parfois, vous pouviez être effrayant, quand votre égarement prenait le dessus. Vous oubliiez souvent votre nom, leur avouai-je. Comment pourriez-vous jamais rentrer à la maison, si votre adresse vous échappait elle aussi ? Le commissaire était un brave homme. Il me demanda de vous décrire avec précision. Il envoya une patrouille vous chercher et me dit de ne pas m'inquiéter, ce que je fis malgré tout.

Dans l'après-midi, un violent orage éclata. La pluie martela le toit avec une force terrible et le tonnerre gronda à en ébranler les fondations. Éperdue, je pensais à vous. Que faisiez-vous maintenant, aviez-vous trouvé refuge quelque part, quelqu'un vous avait-il abrité ? Ou quelque abject inconnu, tirant parti de votre confusion, avait-il commis un acte odieux ?

La pluie tombait à verse, je restais debout à la fenêtre, tandis que Germaine et Mariette pleuraient derrière moi. Je n'y tins plus. Je sortis, mon parapluie bientôt inutile alors que j'étais trempée jusqu'à l'os. J'atteignis péniblement les jardins envahis d'eau qui s'étendaient devant moi comme une mer de boue jaune. Je m'efforçai de deviner où vous aviez pu vous rendre.

Sur la tombe de votre mère, de votre fils ? Dans une église ? Un café ? La nuit tombait, et il n'y avait toujours aucun signe de vous. Je rentrai en titubant, affligée. Germaine avait préparé un bain chaud. Les minutes défilaient, lentement. Vous étiez parti depuis plus de douze heures. Le commissaire se présenta, la mine grave. Il avait dépêché ses hommes dans tous les hôpitaux du voisinage, pour vérifier que vous n'y aviez pas été admis. En vain. Il s'en alla en m'invitant à garder espoir. Nous nous assîmes à la table, face à la porte, silencieuses. La nuit avançait. Nous ne pûmes ni manger ni boire. Les nerfs de Mariette finirent par lâcher et je l'envoyai se coucher, elle tenait à peine debout.

En pleine nuit, on frappa à la porte. Germaine courut ouvrir. Un inconnu se tenait là, un jeune homme élégant portant habit et culotte de chasse. Et vous étiez à ses côtés, hâve mais souriant, accroché au bras du père Levasque. L'inconnu expliqua qu'il était parti chasser en forêt de Fontainebleau avec des amis en fin d'après-midi, et qu'il était tombé sur cet individu qui semblait perdu. Au début, le vieil homme n'avait pu décliner son identité, mais plus tard, il s'était mis à parler de l'église de Saint-Germain-des-Prés, si bien que le jeune chasseur l'y avait conduit dans sa calèche. Le père Levasque ajouta qu'ils s'étaient présentés à l'église et qu'il avait bien sûr immédiatement reconnu Armand Bazelet. Vous aviez une expression étonnée, aimable. J'étais suffoquée. La forêt se trouvait à des kilomètres d'ici. J'y étais allée une fois étant enfant, et le voyage avait duré toute la matinée. Comment diable vous étiez-vous retrouvé là-bas ? Qui vous y avait emmené, et comment ?

Je remerciai grandement le jeune homme et le père Levasque, et vous fis doucement entrer. Je compris qu'il était inutile que je vous pose des questions, que vous n'auriez aucune réponse à me donner. Nous vous fîmes asseoir et vous examinâmes minutieusement. Vos vêtements étaient sales, couverts de boue et de poussière. Il y avait des brins d'herbe et des épines dans vos chaussures. Je remarquai des taches sombres sur votre gilet. Mais je m'inquiétai davantage de la coupure profonde qui vous zébrait le visage et des écorchures sur vos mains. Germaine me suggéra d'appeler le jeune docteur Nonant, malgré l'heure tardive. J'acceptai. Elle passa son manteau et sortit chercher le médecin dans la nuit. Quand il arriva enfin, vous vous endormiez, votre main dans la mienne, respirant paisiblement, comme un enfant. Je pleurais en silence, tant de soulagement que de peur, vous serrant les doigts, réfléchissant aux événements de la journée. Jamais nous ne saurions ce qui s'était passé, comment et pourquoi vous aviez été retrouvé à des heures de la ville, errant dans la forêt le front ensanglanté. Jamais vous ne nous le diriez.

Le docteur m'avait préparée à l'approche de votre mort, mais quand elle survint, ce n'en fut pas moins un choc terrible. À près de cinquante ans, j'avais le sentiment que ma vie était définitivement derrière moi. J'étais seule. La nuit, je restais allongée dans notre lit, sans dormir, écoutant le silence. Je ne pouvais plus entendre votre souffle, le frottement des draps quand vous bougiez. Sans vous, notre lit était comme une tombe humide et froide. Il me semblait que la maison elle-même se demandait silencieusement où vous étiez. Votre fauteuil, cruellement vide. Vos cartes, vos papiers, vos livres, votre plume et votre encre, mais pas vous. Votre place à la table du dîner, qui hurlait votre absence. Le coquillage rose que vous aviez acheté chez l'antiquaire de la rue des Ciseaux. Quand on collait l'oreille dessus, on pouvait entendre la mer. Que faire quand un être cher nous quitte pour toujours et que l'on se retrouve seul avec les objets banals de sa vie quotidienne ? Comment faire face ? Votre peigne et votre brosse m'arrachaient des larmes. Vos chapeaux. Votre échiquier. Votre montre à gousset en argent.

Notre fille s'était installée à Tours, elle y vivait depuis huit ans et avait deux enfants. Ma mère était morte depuis des années, et mon frère Émile était déjà parti. Il ne me restait que nos voisins, et leur compagnie et leur soutien s'avérèrent inestimables. Tous me gâtaient. M. Horace déposait de petites bouteilles de liqueur de fraise, et M. Monthier m'offrait de savoureux chocolats. Mme Paccard m'invitait à déjeuner tous les jeudis à son hôtel. M. Helder, lui, me conviait à dîner *Chez Paulette* tôt le lundi soir. Mme Barou me rendait visite une fois par semaine. Le père Levasque et moi marchions jusqu'aux jardins du Luxembourg tous les samedis matins. Mais cela ne pouvait combler le gouffre béant et douloureux que laissa votre départ dans ma vie. Vous étiez un homme discret, mais vous occupiez un immense espace fait de silence, et cela me manquait. Votre solidité et votre force.

J'entends Gilbert frapper son code à la porte et me lève pour lui ouvrir. Il fait particulièrement glacial ce matin, et ma peau est violette de froid. Gilbert entre en claudiquant, tape dans ses mains tout en battant la semelle. Une bourrasque entre avec lui et me fait frissonner de la tête aux pieds. Il se dirige droit sur la cuisinière et ravive les braises avec énergie.

Je le regarde, lui parle des hommes de la préfecture qui ont tenté d'entrer. Il bougonne et réplique :

– Vous en faites donc pas, madame Rose, il n'y a pas de travaux ce matin, trop froid. Nous pouvons faire brûler le poêle toute la journée, personne ne remarquera la fumée. Les environs sont complètement déserts. Je crois bien que le chantier va être interrompu pendant un moment.

Je me recroqueville près du feu, le gel qui a comme enserré tout mon organisme fond. Gilbert réchauffe quelque chose dans une casserole graisseuse. Le fumet appétissant me chatouille les narines, mon estomac gronde. Pourquoi fait-il tout cela pour moi ? Quand je lui demande, doucement, il se contente de sourire.

Après notre repas, il me tend une lettre avec un rictus. Le facteur traînait dans le quartier, perplexe, ne sachant que faire de ces plis, maintenant que la rue est fermée et condamnée. Comment a-t-il réussi à obtenir mon courrier, je n'en ai aucune idée. Gilbert est un personnage plein de mystère, et il adore me surprendre.

Comme je m'en doutais, c'est une lettre de notre fille, écrite il y a plus d'une semaine.

Chère maman,

Nous nous inquiétons de votre absence. Germaine est convaincue qu'il vous est arrivé quelque chose et je prie qu'elle se trompe.

Vous deviez arriver au début du mois. Tous vos effets personnels sont ici maintenant et vos meubles les plus encombrants sont en dépôt.

Laurent a entendu parler d'une jolie petite maison près de la rivière, pas loin de chez nous, et à un prix abordable, où nous pensons que vous seriez à votre aise. Vous serez heureuse de savoir qu'elle n'est pas humide, me dit-il. Bien sûr, il y a assez de place pour Germaine. Une vieille dame charmante de notre connaissance réside à côté. Mais si vous préfériez rester avec nous, ce serait évidemment possible.

Les enfants se portent bien et attendent avec impatience votre séjour parmi nous. Clémence joue magnifiquement du piano et Léon apprend à lire.

Veuillez nous faire parvenir de plus amples détails quant à votre venue. Nous ne comprenons pas où vous pouvez être.

Mon époux est convaincu qu'il est plus sain pour vous de quitter le faubourg Saint-Germain et de nous laisser nous occuper de vous. À votre âge, presque soixante ans après tout, c'est la seule chose à faire. Vous ne pouvez continuer à vivre dans le passé et à vous laisser submerger par le chagrin.

Nous attendons de vos nouvelles avec impatience.

Votre fille,

Violette

Même son écriture me fait grincer des dents, tant elle est dure et implacable. Que faire ? Je dois avoir l'air perplexe car Gilbert me demande ce qui ne va pas. J'explique de qui vient la lettre et ce que veut Violette. Il hausse les épaules.

– Répondez-lui, madame Rose. Dites-lui que vous êtes chez des amis. Que vous prenez votre temps avant de descendre la voir. Retardez-la.

– Mais comment lui ferai-je parvenir ma lettre ? demandé-je.

Un autre haussement d'épaules insouciant.

– J'irai vous la porter à la poste.

Exhibant ses dents horribles, il m'adresse un sourire paternel.

Je suis donc allée quérir une feuille de papier, puis je me suis assise et j'ai écrit la lettre suivante à ma fille.

Ma très chère Violette,

Je suis vraiment désolée de vous causer tout ce tracas, à ton époux et toi. Je réside pour un temps chez mon amie la baronne de Vresse, rue Taranne. Je crois que je t'ai parlé d'elle. C'est une dame charmante de la haute société que j'ai rencontrée par le biais de ma fleuriste, Mlle Walcker. Oui, elle est très jeune, elle pourrait être ma petite-fille, mais elle s'est prise d'affection pour moi. Nous apprécions notre compagnie mutuelle.

Elle a généreusement offert de me loger avant que je descende te rejoindre. Elle a une superbe maison rue Taranne. Par conséquent, je ne suis nullement concernée par les destructions dans notre quartier, dont je ne vois rien.

Nous allons faire nos courses au Bon Marché, et elle m'emmène chez Worth, le grand couturier chez qui elle fait faire ses robes. Je profite d'un séjour enchanteur, je vais au théâtre, à l'opéra et au bal. Ce sont, je t'assure, des choses que peut encore faire une vieille dame de presque soixante ans.

Je te ferai savoir la date de mon arrivée, mais ne compte pas sur moi pour un moment encore, car j'envisage de rester aussi longtemps que possible chez la baronne de Vresse.

Transmets mes salutations les plus affectueuses à ton époux et tes enfants, et à ma chère Germaine. Dis-lui que Mariette a trouvé un bon poste chez une famille aisée près du parc Monceau.

Ta mère qui t'aime

Je ne peux m'empêcher de sourire en pensant à l'ironie de ces quelques mots. Bals, théâtres, et Worth, allons donc ! Il ne fait aucun doute que ma fille, épouse provinciale typique et ennuyeuse, éprouvera un pincement de jalousie en découvrant ma vie sociale aussi époustouflante que fictive.

Je me racle la gorge et lis la lettre à Gilbert. Il pousse un grognement.

– Pourquoi vous ne lui dites pas la vérité ? demande-t-il brusquement.

– À quel propos ? dis-je.

– Sur les raisons qui font que vous restez ici.

J'ai marqué un petit temps d'arrêt avant de lui répondre.

– Parce que ma fille ne comprendrait pas.

Dans mes rêves, mon petit revient me hanter. Je le vois filer dans l'escalier, puis ses chaussures qui claquent sur les pavés dehors. J'entends sa voix, ses éclats de rire. Le bleu lui allait bien, et je lui avais fait faire toutes ses blouses en diverses nuances de bleu, tout comme ses vestes, ses manteaux, même sa casquette. Mon prince bleu et or.

Quand il était bébé, il se tenait sagement sur mes genoux et contemplait le monde autour de lui. Je suppose que les premiers objets qu'il détailla furent les gravures dans le salon, et les portraits au-dessus de la cheminée. Son pouce à la bouche, il observait le monde de ses yeux ronds, pleins de curiosité. Il respirait calmement contre moi, son petit corps chaud contre le mien.

Dans ces instants, je connaissais un bonheur immense. J'avais le sentiment d'être vraiment mère, un sentiment que je n'avais jamais connu avec Violette, ma première-née. Oui, ce tout petit enfant était le mien, c'était à moi qu'il incombait de le protéger et de le chérir. On dit que les mères préfèrent leurs fils, n'est-ce pas là la vérité cachée ? Ne sommes-nous pas nées pour mettre au monde des fils ? Je sais que vous aimiez votre fille. Elle avait tissé avec vous des liens que je n'ai jamais eus avec elle.

Quand je rêve de Baptiste, je le vois faisant la sieste, en haut, dans la chambre des enfants. Je m'émerveille de ses paupières de nacre, du battement de ses cils. La douce rondeur de ses joues. Ses lèvres entrouvertes, son souffle lent, paisible. Je contemplais cet enfant pendant des heures, tandis que Violette jouait en bas avec ses amies, sous la surveillance de la gouvernante.

Je n'aimais pas que cette dernière le touche, quand il était bébé. Je savais qu'il n'était pas convenable que je passe tant de temps avec lui, mais je ne pouvais m'en empêcher. C'était à moi de le nourrir, de le câliner. Il était le centre de ma vie, et vous considériez tout cela avec bienveillance. Je ne pense pas que vous éprouviez une quelconque jalousie. Maman Odette avait été ainsi avec vous. Vous n'étiez pas surpris. Je l'emmenais partout où je pouvais. Que j'aie un chapeau ou un châle à choisir, il était avec moi. Tous les boutiquiers connaissaient notre fils, les vendeurs du marché l'appelaient par son prénom. Jamais il ne se vanta de sa popularité, ni n'en profita.

Quand je rêve de lui, comme je le fais depuis vingt ans, je me réveille les larmes aux yeux. Mon cœur n'est plus que douleur. C'était plus facile quand vous étiez avec moi, car dans la nuit, je pouvais tendre la main et sentir votre épaule rassurante.

Aujourd'hui, plus personne n'est là pour moi. Que le silence, froid et mortel. Je pleure seule. Voilà une chose que je sais fort bien faire.

Bussy-le-Repos, 6 juillet 1847

Petite maman,

Vous me manquez beaucoup, vous, Violette et papa. Mais je passe quand même un merveilleux séjour avec Adèle et sa famille à Bussy. Donc, ne vous inquiétez pas. La maison me manque. Ici, c'est très bien. Il fait très chaud. Hier, nous nous sommes baignés dans l'étang. Il n'est pas très profond et le grand frère d'Adèle m'a pris sur ses épaules et il était couvert de boue. La mère d'Adèle fait des escalopes. Je mange tellement que parfois, j'ai mal au ventre. C'est le soir que vous me manquez, au moment du coucher. La mère d'Adèle me donne un baiser mais elle n'est pas jolie comme vous, elle n'a pas la peau douce et le parfum de maman. Je vous en prie, écrivez-moi une autre lettre pourquoi les lettres mettent tant de temps à arriver. Le père d'Adèle n'est pas amusant comme papa. Mais il est quand même gentil. Il fume la pipe et vous souffle la fumée au visage. Il y a un grand chien blanc qui m'a fait peur au début parce qu'il vous saute dessus mais c'est comme cela qu'il dit bonjour. Il s'appelle Prince. Pourrions-nous en avoir un aussi. Et il y a aussi une chatte qui s'appelle Mélusine mais elle me souffle dessus alors je ne la caresse pas. Je m'efforce d'écrire cela du mieux que je peux. Le frère d'Adèle corrige mes fautes, c'est un garçon bien je veux être comme lui quand je serai grand il a dix ans de plus que moi. Adèle a fait une comédie hier soir il y avait une araignée dans son lit une horrible grosse araignée maman s'il vous plaît regardez dans mon lit pour veiller à ce qu'il n'y ait pas d'araignée vous me manquez et je vous aime et dites à papa et à ma sœur que je les aime.

Baptiste Bazelet
Votre fils

J'ai senti une main glacée sur mon sein et j'ai hurlé dans le silence. Bien sûr, il n'y avait personne, comment quelqu'un aurait-il pu me trouver ici, cachée dans le cellier ? Il me faut un peu de temps pour que mon cœur se calme, pour respirer normalement. J'entends encore les marches grincer, je vois toujours la large main aux taches de rousseur glisser le long de la rampe, perçois encore l'attente juste avant qu'il ne franchisse ma porte. Serai-je jamais libre ? La terreur me quittera-t-elle un jour ? Dans ce cauchemar, la maison ne me protège plus. Quelqu'un est entré, la maison n'est plus sûre.

Enroulée dans plusieurs épaisseurs de gros châles de laine, je m'arme d'une chandelle et grimpe au dernier étage, vers la chambre des enfants. Il y a longtemps que je n'y suis pas allée, même quand la maison était encore habitée. C'est une longue pièce au plafond bas orné de poutres et, alors que je me tiens sur le seuil, je peux encore la voir remplie de jouets. Je vois notre fils, ses boucles d'or et son joli petit visage. Je passais des heures avec Baptiste dans cette chambre, à jouer avec lui, à lui chanter des chansons, tout ce que je n'avais jamais fait avec ma fille, simplement parce qu'elle ne me laissait pas faire.

Mon regard erre dans la pièce désormais vide et je me souviens des jours heureux avec mon petit garçon. Vous aviez décidé de faire des travaux dans la maison, de réparer les fuites dans le toit, les fissures çà et là, son usure générale. On inspecta les moindres coins et recoins. Une équipe de vigoureux ouvriers débarqua, qui s'attacha à repeindre les murs, à restaurer les boiseries et à fourbir les planchers. C'était une bande joyeuse et bon enfant, et nous avons fini par bien les connaître. Il y avait M. Alphonse, le contremaître, avec sa barbe noire et sa grosse voix, et Ernest, son assistant poil-de-carotte. Chaque semaine, des équipes différentes se présentaient, engagées pour leurs talents particuliers. Tous les lundis, vous analysiez les progrès réalisés et débattiez de plusieurs points avec le contremaître. Cela prit une grande partie de votre temps, et vous fîtes preuve de sérieux dans toute l'affaire. Vous teniez à ce que la maison soit la plus belle possible. Votre père et votre grand-père n'avaient pas fait grand-chose pour elle, et vous aviez pris sur vous de la remettre à neuf.

Même pendant les travaux, nous recevions des amis à dîner, ou pour passer la nuit. Je me souviens que cela m'occupait grandement, avec ces menus à orchestrer, les plans de table, quelle chambre préparer pour leur venue. Je prenais ces tâches très à cœur. Chaque menu était calligraphié dans un cahier prévu à cet effet afin que je ne serve jamais deux fois le même plat à mes hôtes. Comme j'étais fière de notre maison, qu'elle était douillette et jolie en ces soirées d'hiver, le feu ronflant dans la cheminée à la douce lueur des lampes. Oui, c'étaient des jours heureux.

Durant cette décennie bénie, Violette se transforma en une jeune fille silencieuse et centrée sur elle-même. Elle apprenait vite, était sérieuse, mais nous avions si peu en commun. Nous ne partagions rien, comme ma mère et moi. Je crois qu'elle vous parlait plus, mais elle n'était pas pour autant proche de vous. Quant à Baptiste, il ne l'intéressait que fort peu. Ils avaient neuf ans d'écart. Telle la lune, elle était froide, distante et d'argent, alors que lui était un soleil d'or triomphant, un astre radieux.

Baptiste était un enfant touché par la grâce. Sa naissance avait été rapide et sans douleur, ce qui m'avait étonnée, moi qui m'étais préparée au supplice enduré pour Violette. Il était arrivé, cet enfant splendide, plein de santé, rose et énergique, les yeux déjà grands ouverts sur le monde. Comme j'aurais voulu que Maman Odette puisse voir son petit-fils ! Oui, ce furent dix années dorées, du même or que les cheveux de notre fils. C'était un enfant simple, heureux. Jamais il ne se plaignait, ou avec tant de charme qu'il faisait fondre le cœur de tous. Il aimait construire de petites maisons avec des briquettes de bois peint que vous lui aviez offertes pour son anniversaire. Pendant des heures, il bâtissait soigneusement une maison, pièce par pièce.

« Et voici votre chambre, maman, déclarait-il fièrement. Et le soleil entre par ici, tout comme vous l'aimez. Et papa aura son bureau ici, avec un grand secrétaire pour qu'il puisse y poser tous ses papiers et faire son travail important. »

Il m'est si difficile d'écrire ces mots, Armand. Je redoute leur pouvoir, je crains qu'ils ne vous blessent, comme un coup de poignard. La lumière de la chandelle danse sur les murs dénudés. J'ai peur de ce que je dois dire. Bien des fois, en confession avec le père Levasque, j'ai tenté de me délester de ce fardeau. Mais c'était impossible. Je n'y suis jamais parvenue.

Étrangement, je savais que le Seigneur me prendrait mon fils, que mon temps avec lui était compté. Chaque instant était un délice, un délice empoisonné par la peur. En février, notre cité avait été de nouveau emportée par la révolution. Cette fois, n'étant pas clouée au lit, j'en suivis chaque moment. J'avais quarante ans, étais encore robuste, forte, en dépit des années. Les émeutes éclatèrent dans les quartiers les plus miséreux de la ville, des barricades surgirent, tronçonnant les rues de grilles de fer forgé, de charrettes renversées, de meubles et de troncs d'arbres. Vous m'expliquâtes que le roi n'avait su mettre un terme à la corruption politique, que la crise économique qui faisait rage était sans précédent. Cela ne m'avait pas touchée, car ma vie quotidienne de mère et d'épouse n'avait en rien été altérée. Les prix avaient flambé sur le marché, mais nos repas étaient toujours copieux. Notre vie n'avait pas changé. Pour l'heure.

1849. L'année de la première rencontre entre le préfet et l'empereur. C'était il y a près de vingt ans, et mon cœur saigne encore alors que j'écris ces lignes. Baptiste avait dix ans. Il était partout comme un farfadet toujours en mouvement, alerte, vif comme l'éclair. Les échos de son rire emplissaient la maison. Parfois, je l'entends encore, vous savez.

Vinrent les premières rumeurs sur la maladie. C'est au marché que j'en eus vent. La dernière épidémie avait eu lieu juste après la naissance de Violette. Des milliers de gens étaient morts. Il fallait être très prudent avec l'eau. Baptiste adorait jouer à la fontaine de la rue d'Erfurth. Je pouvais le voir de la fenêtre, la gouvernante le surveillait. Je l'avais mis en garde, et vous aussi, mais il n'en faisait qu'à sa tête.

Tout se passa très vite. Les journaux regorgeaient déjà d'avis de décès, on dénombrait chaque jour plus de victimes. Le mot, affreux, répandit la terreur dans nos foyers. Le choléra. Rue de l'Échaudé, une dame y avait succombé. Tous les matins, on annonçait une nouvelle mort. La peur s'empara du voisinage.

Puis, un matin, dans la cuisine, Baptiste s'effondra. Il tomba au sol avec un hurlement, cria qu'il avait une crampe dans la jambe. Je me précipitai vers lui. Sa jambe, apparemment, n'avait rien d'anormal. Je le calmai comme je le pus. Son front était chaud et moite. Il commença à sangloter, grimaçant de douleur. J'entendis un gargouillement horrible qui venait de son estomac. Je me dis que cela ne se pouvait pas. Non, pas mon fils, pas mon fils adoré. Je me souviens d'avoir crié votre nom dans l'escalier.

Nous le transportâmes dans sa chambre, fîmes venir le médecin, mais il était trop tard. À votre expression, je compris que vous saviez, mais vous ne me le dites pas. En quelques heures, tous les fluides fuirent son corps brûlant qui se tordait dans le lit. Ils s'écoulaient de lui, suintaient de lui et je ne pus qu'y assister, horrifiée. « Faites quelque chose ! suppliai-je le docteur. Vous devez sauver mon fils ! »

Toute la journée, le jeune docteur Nonant enveloppa les reins de mon fils de charpie propre, lui fit boire de l'eau claire, en vain. On aurait cru que les mains et les pieds de Baptiste avaient été plongés dans de la peinture noire. Son petit visage rose, maintenant émacié et cireux, avait pris une abominable teinte bleuâtre. Ses joues rondes s'étaient creusées et à leur place il n'y avait plus que le masque d'une créature racornie que je ne reconnaissais plus. Ses yeux caves n'avaient plus de larmes à pleurer. Les draps se gonflaient de ses déjections, rigoles sales qui s'écoulaient de son corps en un flot incessant et nauséabond.

« Il nous faut prier ensemble à présent », chuchota le père Levasque, que vous aviez fait mander dans les derniers instants terribles où nous avions enfin compris qu'il n'y avait plus d'espoir. On alluma des cierges, et la chambre s'emplit du murmure fervent des prières.

Quand je contemple la pièce aujourd'hui, voilà ce dont je me souviens : la puanteur, les cierges, les prières incessantes et les discrets sanglots de Germaine. Vous étiez assis à mes côtés, muet, droit comme un *i*, et, parfois, vous me preniez la main et la serriez doucement. J'étais tellement folle de chagrin que je ne parvenais pas à comprendre votre calme. Je me rappelle avoir pensé : face à la mort d'un enfant, les hommes sont-ils plus forts que les femmes parce qu'ils ne mettent pas au monde ? Les mères ne sont-elles pas attachées à leurs enfants par quelque lien secret, intime et physique que les pères ne peuvent connaître ?

Cette nuit-là, j'ai vu mourir mon fils chéri et j'ai senti ma vie perdre tout son sens.

L'année suivante, Violette épousa Laurent Pesquet et partit s'installer à Tours. Mais rien ne pouvait plus m'atteindre depuis la mort de mon petit garçon.

Empêtrée dans une sorte d'engourdissement stupéfié, j'étais devenue spectatrice de ma propre existence. Je me souviens de vous avoir entendu parler de moi au docteur Nonant. Il était venu me voir. À quarante et un ans, j'étais trop âgée pour avoir un autre enfant. Et aucun autre enfant n'aurait pu remplacer Baptiste.

Mais je savais pourquoi le Seigneur m'avait pris mon fils. Je tremble à cette idée, et ce n'est plus à cause du froid.

Pardonnez-moi.

Rue Childebert, 20 août 1850

Rose de mon cœur,

Je ne puis supporter davantage votre souffrance, votre chagrin. C'était le plus exquis des enfants, le plus adorable des petits garçons, mais hélas ! Dieu a décidé de le rappeler à Lui et nous devons respecter Son choix, nous ne pouvons rien, mon amour. J'écris ces mots près de la cheminée, la chandelle tremblotant dans la nuit paisible. Vous êtes en haut, dans votre chambre, à quérir un peu de repos. Je ne sais comment vous aider et me sens inutile. C'est une sensation odieuse. Si seulement Maman Odette était là pour vous consoler. Mais elle est partie depuis bien longtemps maintenant, et elle n'a jamais connu notre petit garçon. Pourtant, elle vous aurait entourée de son amour et de sa tendresse en ces instants douloureux. Pourquoi sommes-nous, nous les hommes, si impuissants dans ces choses-là ? Pourquoi ne savons-nous pas comment apporter quiétude et réconfort ? Assis là à vous écrire, je m'en veux furieusement. Je ne suis qu'un époux inutile, moi qui ne parviens pas à vous consoler.

Depuis qu'il nous a quittés, vous n'êtes plus que l'ombre de vous-même. Vous avez maigri, pâli, vous ne souriez plus. Même lors du mariage de notre fille, en ce jour splendide au bord de l'eau, pas une fois vous n'avez souri. Tout le monde l'a remarqué et est venu m'en parler : votre frère, très inquiet, et même votre mère qui, d'ordinaire, ne prend jamais garde à votre état, mais aussi votre nouveau gendre, qui a eu avec moi une conversation discrète à votre sujet. Certains m'ont suggéré d'entreprendre un voyage, vers le sud, au bord de la mer, pour trouver soleil et chaleur.

Vos yeux sont tristes et vides, cela me brise le cœur. Que faire ? Aujourd'hui, j'ai erré dans le quartier en quête de quelque bibelot, pour vous rendre le sourire. Je suis revenu les mains vides. Je me suis assis au café sur la place Gozlin et j'ai lu les journaux, qui ne parlent que de la mort de Balzac. Je n'éprouve aucune tristesse alors que c'est l'un de mes écrivains préférés. Lui aussi avait une épouse qu'il aimait ardemment, comme je vous aime avec une passion qui consume ma vie entière.

Rose, mon amour, je suis un jardinier mélancolique qui ne sait plus comment faire pour que sa merveilleuse fleur retrouve sa glorieuse plénitude. Rose, vous êtes désormais gelée, comme si vous n'osiez plus éclore, comme si vous n'osiez plus vous offrir à moi, laisser votre séduisant parfum m'ensorceler alors que vos délicieux pétales s'ouvrent un à un. Est-ce là la faute du jardinier ? Notre fils aimé est parti, mais notre amour ne garde-t-il point toute sa vigueur ? Il est notre plus grande force, ce qu'il nous faut chérir si nous voulons survivre.

Cet amour était là avant notre enfant, il lui a donné naissance. Nous devons le préserver, le nourrir et nous en réjouir. Je partage votre chagrin, je respecte notre fils, que je pleure en tant que père, mais ne pourrions-nous le pleurer en tant qu'amants ? N'est-il pas né de deux merveilleux amants ? Je souhaiterais tant goûter de nouveau à la délicate senteur de votre peau, mes lèvres brûlent de vous couvrir de mille baisers, mes mains frémissent à l'idée de caresser les courbes de votre corps désirable que je suis seul à connaître et à vénérer. Je veux vous sentir onduler contre moi sous la tendresse de mes caresses, sous la violence suave de mon étreinte ; j'ai faim de votre amour, je veux savourer la douceur de votre chair, votre intimité. Je veux retrouver l'extase fiévreuse que nous partageâmes en tant qu'amants, mari et femme profondément, véritablement amoureux, là-haut dans le royaume paisible de notre chambre.

Rose, je me battrai de toutes mes forces pour vous redonner foi en notre amour, notre vie.

Éternellement vôtre,

Armand, votre époux

J'ai éprouvé le besoin impérieux de m'interrompre, et n'ai pu écrire pendant un instant. À présent, tandis que ma plume court de nouveau sur le papier, me voici une fois de plus liée à vous. Je ne vous ai pas écrit beaucoup de lettres. Nous ne nous séparâmes jamais, n'est-ce pas ? J'ai également conservé tous vos petits poèmes. Mais peut-on vraiment parler de poèmes ? Des mots d'amour, que vous me laissiez çà et là. Quand le désir devient trop fort, je cède. Je les sors de la bourse de cuir où je les conserve avec votre alliance et vos lunettes. « Rose, chère Rose, la lueur de vos yeux est comme l'aube, et je suis seul à pouvoir la contempler. » Et celui-ci : « Rose, Rose enchanteresse, à la tige sans épines, ornée des bourgeons de l'amour et de la tendresse. » Un étranger les trouverait puérils, sans aucun doute. Peu m'importe.

Quand je les lis, j'entends votre magnifique voix grave qui me manque plus que tout. Pourquoi les morts ne peuvent-ils revenir nous parler ? Vous chuchoteriez près de moi quand je prends mon thé le matin, et me murmureriez d'autres mots la nuit, quand, allongée, j'écoute le silence. Et j'aimerais entendre le rire de Maman Odette, le babillage de mon fils. La voix de ma mère ? Certes non. Elle ne me manque nullement. Quand elle est morte dans son lit, place Gozlin, à un âge avancé, je n'ai rien ressenti, pas un soupçon de tristesse. Vous étiez à mes côtés avec Émile, et ne me quittiez pas des yeux. Ce n'était pas ma mère qui me manquait, mais encore la vôtre. Je pense que vous le saviez. Et je pleurais toujours mon fils. Des années durant, je me suis rendue sur sa tombe, un jour sur deux, marchant tout du long jusqu'au cimetière du Sud, près de la barrière de Montparnasse. Parfois, vous m'accompagniez. Mais le plus souvent, j'y allais seule.

Quand je me tenais près de sa tombe, une paix étrange, douloureuse, m'envahissait, sous le soleil ou sous la pluie. Je ne voulais parler à personne, et si quelqu'un s'approchait trop, je me réfugiais sous mon parapluie. Une dame de mon âge venait sur une tombe voisine avec la même régularité que moi. Elle aussi restait là des heures, assise, les mains sur son giron. Au début, la présence de cette dame m'avait dérangée. Mais je ne tardai pas à m'y habituer. Jamais nous ne nous adressâmes la parole. Parfois, nous échangions un bref hochement de tête. Priait-elle ? Parlait-elle à ses défunts ? Il m'arrivait de prier, mais je préférais m'adresser directement à mon fils, exactement comme s'il avait été là, devant moi.

Vous étiez si respectueux, vous ne m'avez jamais demandé ce que je disais à Baptiste lors de ces visites. Aujourd'hui je peux vous le dire. Je lui donnais les dernières nouvelles, lui racontais les commérages sur notre quartier. Comment la boutique de

Mme Chanteloup, rue des Ciseaux, avait failli brûler, et comment les pompiers s'étaient battus toute la nuit pour maîtriser les flammes, à quel point l'affaire avait été aussi fascinante qu'horrible. Comment se portaient ses amis (l'amusant petit Gustave, de la rue de la Petite-Boucherie, et Adèle la rebelle, rue Sainte-Marthe). Je lui expliquais que j'avais trouvé une nouvelle cuisinière, Mariette, douée et timide, que Germaine avait scandaleusement menée par le bout du nez jusqu'à ce que j'y mette, ou plutôt que vous, en tant qu'homme de la maison, y mettiez le holà.

Jour après jour, mois après mois, année après année, je me rendis au cimetière pour parler à mon fils. Je lui racontais aussi des choses que je n'ai jamais osé vous dire, mon très cher. Au sujet de notre nouvel empereur, cet avorton qui paradait juché sur son cheval sous une averse glaciale au milieu de la foule hurlant : « Vive l'empereur ! », et qui ne m'impressionnait guère, surtout après toutes les victimes de son coup d'État. Je lui parlai du grand ballon orné d'un aigle majestueux qui flottait au-dessus des toits dans le sillage de l'empereur. Il était fort impressionnant, avais-je murmuré à Baptiste, mais l'empereur était tout le contraire. Comme la majorité des gens à l'époque, vous pensiez que l'empereur était remarquable. J'étais bien trop discrète pour exprimer mes véritables sentiments politiques. Alors, je racontais tranquillement à Baptiste que, selon mon humble avis, ces Bonaparte étaient bien trop imbus d'eux-mêmes. Je lui décrivis le somptueux mariage à la cathédrale, avec la nouvelle impératrice espagnole, dont on faisait tant de gorges chaudes. Quand le prince naquit, je lui parlai des coups de canon tirés depuis les Invalides. Comme je fus jalouse de ce bébé prince ! Je me demande si vous vous en aperçûtes jamais. Sept ans auparavant, nous avions perdu notre petit prince, notre Baptiste. Je ne pouvais supporter de lire ces articles interminables dans la presse sur le nouvel enfant du monarque, et je détournais soigneusement les yeux de chaque nouveau portrait écœurant de l'impératrice se pavanant avec son fils.

Gilbert m'a interrompue pour m'annoncer qu'il venait de voir Alexandrine dans notre rue. Je lui ai demandé ce qu'il voulait dire, il m'a regardée avec sérieux.

– Votre fleuriste, madame Rose. La grande à l'air sévère, avec tous ces cheveux et son visage rond.

– Oui, c'est elle, confirmai-je, souriant à sa description fidèle.

– Eh bien, elle était juste devant la maison, madame Rose, elle regardait à l'intérieur. J'ai cru qu'elle allait sonner, ou ouvrir la porte, alors, je lui ai flanqué un peu la frousse. Il commence à faire sacrément noir dehors, et elle a fait un drôle de bond quand j'ai jailli du coin. Elle a filé comme une poule affolée, et elle n'a pas eu le temps de me reconnaître, je peux vous l'assurer.

– Que faisait-elle ? demandai-je.

– Eh bien, j'imagine qu'elle vous cherchait, madame Rose.

Je fixai ses traits sales.

– Mais elle me croit chez Violette, ou en chemin.

Il fit la moue.

– C'est une fille intelligente, madame Rose, vous le savez. Elle ne se fera pas avoir aussi facilement.

Il avait évidemment raison. Quelques semaines plus tôt, Alexandrine, de son œil d'aigle, avait supervisé l'emballage et le déménagement de mes meubles et de mes malles.

– Avez-vous vraiment l'intention de vous rendre chez votre fille, madame Rose? avait-elle demandé innocemment, penchée sur une de mes valises qu'elle s'efforçait de fermer avec l'aide de Germaine.

Et j'avais répondu, d'un air plus innocent encore, les yeux rivés sur la trace sombre sur le mur où était auparavant suspendu le miroir ovale:

– Mais bien sûr. Toutefois, je pense d'abord séjourner chez la baronne de Vresse. Germaine descend chez ma fille avec l'essentiel de mes bagages.

Alexandrine m'avait lancé un regard acéré. Sa voix éraillée avait agressé mes tympans:

– Voilà qui est étrange, madame Rose. Car j'étais récemment chez la baronne pour lui livrer des roses, et pas une fois elle ne m'a dit que vous alliez venir chez elle.

Il en fallait plus pour me déstabiliser. J'avais beau aimer cette jeune dame (et croyez-moi, Armand, je suis bien plus attachée à cette curieuse créature et à sa petite bouche pincée qu'à ma propre fille), je ne pouvais pas la laisser mettre en péril mes plans. J'avais alors adopté une autre tactique. J'avais pris sa longue main fine dans la mienne et lui avais tapoté le poignet.

– Allons, allons, Alexandrine, que voulez-vous donc qu'une vieille dame comme moi fasse dans une maison vide dans une rue fermée ? Je n'ai d'autre choix que d'aller chez la baronne puis chez ma fille. Et c'est que je vais faire. Faites-moi confiance.

– Je vais essayer de vous faire confiance, madame Rose. Je vais essayer.

Soucieuse, je déclarai à Gilbert :

– D'une façon ou d'une autre, elle a dû savoir par ma fille que je n'étais pas encore arrivée… Et la baronne lui aura sans doute dit que jamais je n'ai séjourné chez elle. Mon Dieu…

– On pourrait toujours s'installer ailleurs, suggéra Gilbert. Je connais un ou deux endroits. Plus chauds et plus confortables.

– Non, rétorquai-je vivement. Jamais je ne quitterai cette maison. Jamais.

Il soupira tristement.

– Oui, je le sais bien, madame Rose. Mais vous devriez sortir ce soir, pour voir ce qui se passe. Je vais occulter ma lanterne. Les zones condamnées ne sont plus surveillées d'aussi près depuis l'arrivée du froid. Personne ne nous dérangera. C'est gelé, mais vous n'aurez qu'à vous accrocher à mon bras.

– Que voulez-vous que je voie, Gilbert ?

Il m'adressa ce sourire en biais que je trouvais plutôt charmant.

– Vous avez peut-être envie de faire vos adieux à la rue Childebert et à la rue d'Erfurth, non ?

Je déglutis avec peine.

– Oui, vous avez raison, en effet.

Ce fut une étrange expédition que nous organisâmes, lui et moi. Il m'emmitoufla comme si nous partions en Sibérie. Je portais un manteau élimé qui puait tant l'anis et l'absinthe qu'on aurait juré qu'il avait baigné dedans, et une lourde toque de fourrure encroûtée de saleté, mais qui me tenait chaud. En d'autres temps, sans doute avait-elle appartenu à une amie de la baronne de Vresse ou quelque autre dame. Quand nous mîmes un pied dehors, le froid me saisit dans son étreinte glacée. J'en eus le souffle coupé. Je n'y voyais goutte, la rue était trop sombre. Cela me rappela ces nuits d'un noir d'encre avant l'installation de l'éclairage public. Il était effrayant de rentrer chez soi, même dans les quartiers sûrs de la ville. Gilbert leva sa lanterne et l'ouvrit, sa faible lueur nous éclairant doucement. Notre respiration dessinait de grandes bouffées blanches au-dessus de nous. Je plissai les yeux dans l'obscurité pour mieux voir.

La rangée de maisons en face de la nôtre avait disparu. Elles avaient été rasées et, croyez-moi, le spectacle était stupéfiant. À leur place se dressaient des montagnes de gravats qui n'avaient pas encore été déblayés. La boutique de Mme Godfin n'était plus qu'une pile de poutres. Il ne restait de l'immeuble de Mme Barou qu'une cloison branlante. L'imprimerie s'était volatilisée. La chocolaterie de M. Monthier était une masse de bois calciné. *Chez Paulette* s'était désintégré en un monticule de pierraille. De notre côté de la rue, les maisons résistaient encore bravement. La plupart des fenêtres avaient été brisées, du moins celles dont les volets n'étaient pas fermés. Les façades étaient toutes couvertes d'avis d'expropriation et de décrets. Les pavés, autrefois impeccables, étaient jonchés d'ordures et de papiers. J'en eus le cœur brisé, mon très cher.

Nous marchâmes lentement dans la rue déserte et silencieuse. L'air glacial paraissait s'épaissir autour de nous. Mes chaussures glissaient sur le givre de la chaussée, mais Gilbert me tenait fermement en dépit de sa démarche clopinante. Quand nous fûmes parvenus au bout de la rue, je ne pus retenir un cri de surprise. La rue d'Erfurth avait disparu, tout du long jusqu'à la rue des Ciseaux. Il n'en restait rien, que des amas et des débris. Les boutiques et les commerces familiers n'étaient plus, le banc où je m'asseyais avec Maman Odette, même la fontaine avait été retirée. Soudain, je fus prise de vertige. J'avais perdu mes repères. Vous savez, parfois les années me rattrapent, et je me sens à nouveau comme une vieille dame. Croyez-moi, ce soir, mes soixante ans pèsent lourdement sur mes épaules.

Je pouvais désormais voir où le boulevard Saint-Germain poursuivrait son déferlement monstrueux, là, juste à côté de l'église. Plongée dans l'ombre, notre rangée de maisons aux fenêtres éteintes, aux toits frêles qui se découpaient sur un pâle ciel d'hiver dépourvu d'étoiles, était la dernière encore debout. C'était comme si un géant avait déboulé là et, de sa main maladroite, avait écrasé les rues que j'avais connues toute ma vie.

À quelques pas à peine des destructions, des Parisiens vivaient dans des maisons toujours intactes. Ils mangeaient, buvaient et dormaient, célébraient anniversaires, noces et baptêmes. Les travaux en cours les importunaient sans doute – la boue, la poussière, le bruit –, mais leurs demeures n'étaient pas menacées. Jamais ils ne sauraient ce que l'on éprouve à la perte d'une maison aimée. Submergée de tristesse, je sentis mes yeux s'embuer de larmes. Alors, ma haine pour le préfet refit surface avec une telle puissance que sans la poigne vigoureuse de Gilbert, j'aurais basculé tête la première dans la fine couche de neige.

Quand nous rentrâmes à la maison, j'étais épuisée. Gilbert dut s'en apercevoir, car il resta avec moi jusque tard dans la nuit. Le soir même, un gentilhomme de sa connaissance, rue des Canettes, qui lui donnait argent et vivres de temps à autre, lui avait offert de la soupe. Avec délices, nous savourâmes ce brûlant potage. Je ne pus m'empêcher de penser à Alexandrine, qui avait fait tout ce chemin jusqu'à cette partie fermée de la zone pour me chercher. Mon cœur se serra à cette idée. Elle avait pris des risques pour se faufiler dans les rues abandonnées, passer sous les barrières de bois aux panneaux menaçants proclamant « passage interdit » et « danger ». Qu'avait-elle espéré ? me demandai-je. Me trouver en train de déguster une tasse de thé dans mon salon désert ? Avait-elle compris que son cellier était devenu mon refuge secret ? Elle avait dû se douter de quelque chose, sinon elle ne serait jamais revenue par ici. Gilbert avait raison, c'était une fille intelligente. Comme elle me manquait.

Quelques semaines auparavant, lorsque toute la rue déménageait en prévision des prochaines démolitions, nous avions passé la matinée ensemble, elle et moi, à nous promener dans les jardins du Luxembourg. Elle avait trouvé un emploi chez un grand fleuriste près du Palais Royal. La propriétaire de la boutique était apparemment aussi autoritaire qu'elle, et il risquait d'y avoir des étincelles. Mais pour l'heure, cela lui convenait, et les émoluments étaient raisonnables. Elle avait aussi trouvé un toit non loin de là, un logement spacieux et ensoleillé près du Louvre. Bien sûr, la rue Childebert lui manquerait, mais c'était une jeune femme qui vivait avec son temps, et elle approuvait les travaux du préfet. Elle était sensible à la beauté du bois de Boulogne et de son nouveau lac près de la Muette. (Je les trouve vulgaires, et je suis sûre que vous auriez pensé de même, si vous les aviez vus. Comment cet endroit moderne et vallonné, planté de nouveaux arbres orgueilleux, peut-il seulement soutenir la comparaison avec l'antique splendeur Médicis de notre Luxembourg ?)

Alexandrine n'avait même pas réprouvé l'annexion des faubourgs, il y a huit ans. Notre onzième arrondissement était désormais le sixième, ce qui vous aurait aussi déplu. Paris est devenu gigantesque, tentaculaire. La ville compte aujourd'hui vingt arrondissements et s'est retrouvée du jour au lendemain grossie de plus de quatre cent mille âmes. Notre cité a avalé Passy, Auteuil, Batignolles-Monceau, Vaugirard, Grenelle, Montmartre, mais aussi des endroits où je n'étais jamais allée, comme Belleville, la Villette, Bercy et Charonne. Je trouve cela déroutant, et effrayant.

En dépit de nos différences, les discussions avec Alexandrine ont toujours été intéressantes. Certes, elle était entêtée, et il lui arrivait de prendre la mouche, mais elle revenait toujours mendier mon pardon. Je me mis à éprouver à son égard une formidable affection. Oui, elle était comme une seconde fille pour moi, une fille au grand cœur, intelligente, cultivée. Une autre raison a rendu Alexandrine d'autant plus chère à mon cœur. Elle est née la même année que Baptiste. Je lui ai parlé de notre fils, une seule fois. Les mots étaient trop douloureux à prononcer.

Je me demande parfois pourquoi elle n'est pas mariée. Est-ce sa personnalité enflammée ? Le fait qu'elle dise exactement ce qu'elle pense et qu'elle soit incapable de se montrer soumise ? Peut-être. Elle m'a avoué que le fait de fonder une famille ne lui manquait pas et a même admis que la dernière de ses préoccupations était de se trouver un mari. De telles idées m'ont paru presque choquantes, mais il est vrai qu'Alexandrine ne ressemble à personne. Elle ne m'a pas dévoilé grand-chose sur son enfance à Montrouge. Son père avait un penchant pour la bouteille et était brutal. Sa mère est morte quand elle était encore jeune. Aussi, voyez-vous, d'une certaine façon, je suis sa maman.

Après votre départ, comme je vous l'ai dit, deux personnes m'ont sauvé la vie. Je vais maintenant vous expliquer comment. (Une brève interruption : je suis blottie dans le cellier, aussi confortablement que possible, une brique brûlante posée sur mon giron. Gilbert est en haut, près de la cuisinière en émail, et pourtant, imaginez cela, je peux encore l'entendre ronfler ! C'est un bruit curieusement rassurant, que je n'ai pas entendu depuis votre mort.)

Vous souvenez-vous de l'histoire de la carte rose que je reçus un matin ? Cette carte qui sentait bon la rose ? Pour la première fois, j'étais descendue chez Alexandrine qui m'attendait dans le minuscule salon de son arrière-boutique, non loin de là où je vous écris aujourd'hui.

Elle avait préparé une délicieuse collation. Une génoise légère au citron, des gaufrettes, des fraises, de la crème et un excellent thé, à la saveur fumée. Il venait, paraît-il, de Chine. C'était un Lapsang souchong qu'elle avait acheté dans une nouvelle boutique de thé à la mode, Mariage Frères, dans le Marais.

J'étais tendue, n'oubliez pas que nous avions démarré d'un mauvais pied, mais Alexandrine se montra tout à fait charmante.

– Aimez-vous les fleurs, madame Rose? m'avait-elle demandé.

J'avais dû lui avouer que je ne savais rien d'elles, mais les trouvais jolies.

– Eh bien, c'est un début! avait-elle ri. Et avec un nom comme le vôtre, comment pourriez-vous ne pas aimer les fleurs?

Après notre goûter, elle m'avait proposé de rester un moment dans sa boutique, pour que je voie comment elle travaillait. Son offre m'avait surprise, mais j'avais été plutôt flattée que cette jeune femme trouve ma compagnie plaisante. Elle m'avait donc déniché une chaise et je m'étais assise près du comptoir, occupée à ma broderie. Mes travaux n'avancèrent guère, car ce que je vis et entendis ce jour-là me fascina.

La boutique était un régal pour les yeux et je me sentais à mon aise entre ses murs roses, parmi les agencements floraux et ces parfums entêtants. Alexandrine avait un apprenti du nom de Blaise, qui ne pipait mot mais travaillait dur.

À mon étonnement, je découvris qu'il y avait fort à faire chez un fleuriste. Voyez-vous, on offre des fleurs pour tant d'occasions, tant de raisons. Tout l'après-midi, j'observai Alexandrine dans sa longue blouse noire qui lui conférait une élégance stricte. D'une main sûre et rapide, elle manipulait ses iris, ses tulipes et ses lys avec adresse. Blaise rôdait dans son sillage, guettant des yeux le moindre de ses gestes. De temps à autre, il partait livrer un bouquet non loin.

Jamais il n'y eut un moment de répit. Un gentilhomme fringant fit irruption, cheveux bouclés et cape noire au vent. Il voulait un gardénia à porter à la boutonnière pour une soirée à l'opéra. Puis une dame vint commander des fleurs pour un baptême, et une autre (drapée de noir, pâle et fatiguée, qui manqua me faire pleurer) pour des funérailles. Le jeune prêtre qui travaillait avec le père Levasque passa choisir des lys pour la réouverture de l'église après deux ans de restauration. Puis ce fut le tour de Mme Paccard, pour sa commande hebdomadaire, car elle faisait disposer des fleurs fraîches pour chaque nouveau pensionnaire de l'hôtel Belfort. M. Helder réclama des arrangements floraux particuliers pour un anniversaire surprise dans son restaurant de la rue d'Erfurth.

Alexandrine écoutait attentivement chacun de ses clients, faisait des suggestions, montrait telle ou telle fleur, imaginait un bouquet, le décrivait. Elle prenait son temps, même si une queue se formait dans sa boutique. Elle trouvait promptement une chaise, offrait un bonbon ou une tasse de thé, et le client suivant attendait patiemment à mes côtés. Rien d'étonnant à ce que son affaire fût si prospère, me disais-je, comparée à la morne et démodée Mme Collévillé.

Il y avait tant de questions que je brûlais de poser à Alexandrine tandis qu'elle s'activait dans sa boutique. Où se procurait-elle ses fleurs ? Comment les choisissait-elle ? Pourquoi était-elle devenue fleuriste ? Mais elle était si vive que je ne pouvais jamais lui adresser un mot. Je ne pouvais que la regarder, mes mains posées, oisives, sur mes genoux, alors qu'elle poursuivait son labeur du jour.

Le lendemain matin, j'étais revenue à la boutique. J'avais tapé timidement à la vitrine et elle avait hoché la tête, me faisant signe d'entrer.

– Vous voyez, madame Rose, votre chaise vous attend! avait-elle dit avec un grand geste, et sa voix m'avait paru moins grinçante, presque charmante.

Toute la nuit, j'avais pensé à la boutique de fleurs, Armand. Dès le réveil, je n'avais eu de cesse d'y revenir et de la retrouver. Je commençais à comprendre le rythme de sa journée. Le matin, après être allée chercher les fleurs fraîches sur le marché avec Blaise, elle me montrait des roses divines d'un rouge sombre.

– Regardez, madame Rose, celles-ci sont si belles qu'elles vont partir en un éclair. Ce sont des *Rosa Amadis*, et personne ne peut leur résister.

Et elle avait raison. Nul ne pouvait résister à ces roses somptueuses, leur parfum enivrant, la richesse de leur teinte, la texture duveteuse. À midi, il ne restait plus une seule *Rosa Amadis* dans la boutique.

– Les gens adorent les roses, m'expliquait Alexandrine en préparant des bouquets que les clients achèteraient en rentrant chez eux ou en se rendant à un dîner. Les roses sont les fleurs reines. Quand on en offre, on ne peut pas se tromper.

Elle avait déjà composé trois ou quatre bouquets à partir de différentes variétés de fleurs, de feuilles, et agrémentés de rubans de satin. Tout cela semblait si facile. Mais je savais que ce n'était pas le cas. Cette jeune femme avait un don.

Un matin, Alexandrine me sembla très énervée. Elle aboyait sur le malheureux Blaise qui s'acquittait de ses tâches comme un brave petit soldat face à l'ennemi. Je me demandai quelle pouvait être la cause d'une telle agitation. Elle regardait constamment la pendule au mur, ouvrait la porte qui donnait sur la rue, faisant à chaque fois retentir la clochette, pour se tenir debout sur le trottoir, mains sur les hanches, scrutant la rue Childebert. J'étais perplexe. Qu'attendait-elle donc ? Un fiancé ? Une livraison spéciale ?

Puis, alors que je craignais de ne plus pouvoir supporter cette attente, une silhouette fit son apparition sur le pas-de-porte. C'était la plus jolie femme que j'eusse jamais vue.

Elle paraissait flotter dans la boutique comme si elle marchait sur un nuage. Oh, mon cher, comment vous la décrire ? Même Blaise mit genou en terre pour la saluer. Elle était exquise, gracile, une poupée de porcelaine, vêtue à la dernière mode : une crinoline mauve (cette année-là, l'impératrice ne portait que du mauve) avec un col et des manchettes de dentelle blanche, et son bonnet était le colifichet le plus charmant qu'il se puisse imaginer. Une servante l'accompagnait, qui attendait dehors par ce radieux après-midi de printemps.

Je ne parvenais pas à détacher mon regard de cette inconnue enchanteresse. Son visage dessinait un ovale parfait, elle avait de superbes yeux noirs, une peau d'un blanc laiteux, des dents de nacre et des cheveux noirs et brillants rassemblés en un chignon tressé. J'ignorais qui elle était, mais je compris sur-le-champ l'extrême importance que lui accordait Alexandrine. La dame lui tendit ses petites mains blanches et Alexandrine, s'en saisissant et les serrant contre elle, éperdue d'adoration, déclama :

– Oh, madame, j'ai cru que vous ne viendriez jamais !

La belle inconnue rejeta la tête en arrière et partit d'un rire joyeux.

– Allons, allons, mademoiselle, je vous avais fait savoir que je serais là à dix heures, et me voilà, avec quelques minutes de retard seulement ! Nous avons tant à faire, n'est-ce pas ? Je suis certaine que vous avez trouvé des idées magnifiques pour moi !

En transe, je contemplais la scène avec Blaise, bouche bée.

– Oui, j'ai eu des idées vraiment superbes, madame. Attendez que je vous les montre. Mais avant tout, permettez-moi de vous présenter ma propriétaire, madame Bazelet.

La dame se tourna vers moi avec un sourire gracieux. Je me levai pour la saluer.

– Elle s'appelle Rose, continua Alexandrine. Ne trouvez-vous pas cela charmant ?

– Absolument charmant, en effet !

– Madame Rose, voici la meilleure et la plus merveilleuse de mes clientes, la baronne de Vresse.

La petite main blanche serra la mienne, puis, sur un signe d'Alexandrine, Blaise s'en fut prestement chercher liasses de feuillets et d'esquisses dans l'arrière-boutique, qu'il étala soigneusement sur la grande table. J'étais impatiente de savoir de quoi il retournait.

La baronne décrivit minutieusement une robe de bal. Mon cher, l'événement s'annonçait grandiose. La baronne devait assister à un bal donné par l'impératrice en personne. La princesse Mathilde serait présente, ainsi que le préfet et son épouse, et toutes sortes d'élégantes personnalités.

Alexandrine se comportait comme si tout cela était normal, alors que j'étais très agitée. La confection de la robe avait été confiée à Worth, le célèbre couturier de la rue de la Paix, qui habillait les dames à la mode. La robe de la baronne était d'un rose flamboyant, nous apprit-elle, avec des épaules rondes, un col berthe à froufrous, et la crinoline était ornée de cinq volants pleins et d'une frise de pompons. Alexandrine lui montra les esquisses. Elle avait imaginé une fine couronne de boutons de rose, de nacre et de cristal pour la coiffure et le corsage de la baronne.

Que ces dessins étaient adorables ! Je fus impressionnée par le talent d'Alexandrine. Il n'était pas étonnant que ces dames se pressent dans sa boutique. Vous vous étonnez sans doute que j'aie pu, moi qui étais si critique envers l'impératrice et ses frivolités, éprouver une telle admiration pour la baronne de Vresse. Je vais être honnête avec vous, mon très cher, elle était tout simplement charmante. Rien de factice ou de vain n'émanait de sa personne. Elle me demanda mon avis à plusieurs reprises, comme s'il lui importait, comme si j'étais un personnage important. Je ne sais quel âge avait cette créature captivante – la vingtaine, supposais-je –, mais je devinais qu'elle avait reçu une éducation impeccable, parlait plusieurs langues et avait voyagé. L'impératrice aussi ? Sans aucun doute. Ah, mais vous auriez adoré la jolie baronne, j'en suis sûre.

À la fin de la journée, j'en savais un peu plus sur la baronne de Vresse, née Louise de Villebague, qui avait épousé Félix de Vresse à tout juste dix-huit ans. J'appris qu'elle avait deux petites filles, Bérénice et Apolline, qu'elle aimait les fleurs, dont elle remplissait quotidiennement sa demeure de la rue Taranne. Je savais qu'Alexandrine était la seule fleuriste avec qui elle souhaitait travailler, car Mlle Walcker « comprenait les fleurs, vraiment », me dit-elle avec sérieux en me dévisageant de ses grands yeux.

Je dois m'interrompre pour l'heure, mon chéri. Ma main me lance d'avoir tant écrit. Le ronflement de Gilbert me donne le sentiment d'être en sécurité. Je vais maintenant me recroqueviller dans mes couvertures et dormir autant que je le pourrai.

J'ai fait des rêves bien étranges. Le dernier est décidément bizarre. J'étais allongée dans une sorte de prairie plane et je contemplais le ciel. C'était une journée particulièrement chaude, et le tissu épais de ma robe d'hiver m'irritait la peau. Sous moi, le sol était d'une somptueuse douceur, et quand je tournais la tête, je prenais conscience que j'étais couchée sur un lit profond de pétales de roses. Quelques-uns, écrasés et fanés, exhalaient un parfum délicieux. Je pouvais entendre une jeune fille susurrer une chanson. On aurait dit Alexandrine, mais je ne pouvais en être sûre. Je voulais me lever, mais m'apercevais que j'en étais incapable. J'avais les mains et les pieds liés par de minces rubans de soie. Je ne pouvais parler, ma bouche était bâillonnée d'une écharpe de coton. Je tentais de me débattre, mes mouvements étaient lents et lourds, comme si j'avais été droguée. Alors je demeurais allongée, impuissante. Je n'avais pas peur. C'était la chaleur qui m'inquiétait le plus, et le soleil qui réchauffait mon teint pâle. Si je restais ainsi plus longtemps, j'attraperais des taches de rousseur.

Le chant se faisait plus fort, et j'entendais un pas étouffé par les pétales de roses. Un visage se penchait alors sur le mien, mais je ne pouvais dire de qui il s'agissait tant la lueur du soleil était aveuglante. Puis je reconnaissais une fillette que j'avais vue bien des fois à la librairie, avec le visage rond d'une idiote. C'était une créature douce, pathétique, son nom m'échappe, mais je crois qu'elle avait quelque lien secret avec M. Zamaretti. Quand je passais me choisir des livres, elle était souvent là, assise par terre, jouant avec un ballon de baudruche. Parfois, je lui montrais des images des récits de la comtesse de Ségur. Elle riait, ou plutôt ululait, très fort, mais je m'y étais habituée. Elle était là, dans mon rêve, faisant danser des marguerites sur mon front, hurlant de rire. L'agitation me gagnait, le soleil était brûlant, il me desséchait. Je cédais à la colère, lui criais dessus, et elle prenait peur. Elle reculait en dépit de mes suppliques, puis s'en fut, partant dans une course maladroite, presque animale. Elle disparaissait. Je criais encore, mais du fait de l'écharpe sur ma bouche, nul ne pouvait m'entendre. Et je ne connaissais même pas son nom. Je me sentais impuissante. J'éclatais en sanglots, et quand je me réveillai de ce rêve, des larmes coulaient le long de mes joues.

Rue Childebert, 18 mars 1865

Ma très chère madame Rose,

C'est la première lettre que je vous écris, mais j'ai le sentiment que ce ne sera pas la dernière. Germaine est descendue m'annoncer que vous ne viendriez pas à la boutique cet après-midi à cause d'un mauvais rhume. Je suis vraiment désolée, et vous allez tant me manquer ! Remettez-vous bien vite.

Je prends la plume pendant que Blaise s'occupe des premières commandes de la journée. Il fait froid ici ce matin et je suis plutôt contente de vous savoir bien au chaud dans votre lit, avec Mariette et Germaine pour vous gâter. Je suis si habituée à votre présence à mes côtés que je ne peux supporter le spectacle de la chaise vide dans le coin où vous vous asseyez avec votre ouvrage. Tous les clients vont demander après vous, soyez-en sûre. Mais celle qui sera la plus chagrinée sera notre divine baronne. Elle va demander à Blaise où vous êtes, ce qui ne va pas, et elle l'enverra sans doute vous porter un petit cadeau, peut-être un livre, ou alors de ces chocolats dont nous raffolons toutes les deux.

J'apprécie tant nos conversations. Je n'ai jamais beaucoup parlé avec mes parents. Mon père préférait son eau-de-vie à sa fille et à son épouse, et ma mère n'était guère aimante. Je dois admettre que j'ai grandi dans la solitude. D'une certaine façon, vous êtes un peu comme une mère pour moi. J'espère que cela ne vous trouble pas. Vous avez déjà une fille, qui porte le nom d'une fleur aussi, mais vous avez pris une véritable place dans ma vie, madame Rose, et je le ressens fortement en contemplant votre chaise vide. Toutefois, il est un autre sujet dont je souhaite maintenant vous entretenir. C'est une affaire épineuse, et je ne suis pas certaine de savoir comment m'y prendre. Je vais essayer.

Vous connaissez ma position quant aux travaux du préfet. Je comprends que vous ne les voyiez pas du même œil, mais je dois me décharger du fardeau de ce que je sais. Vous êtes convaincue que notre quartier est protégé, que les embellissements épargneront votre maison familiale du fait de la proximité de l'église. Je n'en suis pas si sûre. Quoi qu'il en soit, je vous enjoins de commencer à envisager ce qu'il adviendrait si vous appreniez que votre maison doit être abattue. (Je sais à quel point cette idée va vous blesser et que vous allez me haïr. Mais vous comptez trop à mes yeux, madame Rose, pour que je me soucie de votre ressentiment passager.)

Vous souvenez-vous quand vous m'avez aidée à livrer ces lys place Furstenberg, lorsque le peintre Delacroix est mort dans son atelier ? Alors que nous disposions les fleurs, j'ai surpris une conversation entre deux messieurs. Un gentleman élégant, à la moustache en croc et au costume bien repassé, discutait avec un autre plus jeune, visiblement moins important, à propos du préfet et de son équipe. Je n'écoutais pas avec une grande attention, mais voici ce que j'ai saisi : « J'ai vu le plan à l'Hôtel de Ville. Toutes ces petites rues sombres autour de l'église, juste au coin, vont disparaître. Trop humides, trop étroites. C'est une bonne chose que le vieux Delacroix ne soit plus là pour voir ça. »

Je ne vous l'ai jamais dit parce que je ne voulais pas vous inquiéter. Et j'avais pensé alors, tandis que je vous raccompagnais dans la rue de l'Abbaye, qu'il faudrait du temps avant que cela ne se fasse. Je croyais aussi que la rue Childebert échapperait à la destruction puisqu'elle était dans le sillage de l'église. Mais aujourd'hui je vois à quelle vitesse progressent les travaux, leur rythme affolant, leur organisation massive, et je sens poindre le danger. Oh, madame Rose, j'ai peur.

Je vous fais parvenir cette lettre par Blaise, et je vous supplie de la lire jusqu'au bout. Nous devons réfléchir à la pire éventualité. Nous avons encore du temps, mais pas tant que cela.

Je vous envoie un joli bouquet de vos roses préférées. Chaque fois que je les manipule, que je les sens, je pense à vous.

Affectueusement,

Alexandrine

Presque aucune douleur ce matin. Je suis étonnée de la robustesse de mon organisme. À mon âge ! Parce que je suis encore jeune de cœur, peut-être ? Parce que je n'ai pas peur ? Parce que je sais que vous m'attendez ? Le froid s'est accentué. Il n'y a pas de neige, seulement le soleil et le ciel bleu que je peux voir de la fenêtre de ma cuisine. Notre ville, ou plutôt celle de l'empereur et du préfet, sous son meilleur jour. Oh, je suis fort heureuse de ne plus poser les yeux sur ces boulevards, les « boulevards nouveaux, si longs, si larges, géométriques, ennuyeux comme des grandes routes », comme je l'ai lu sous la plume des frères Goncourt.

Un soir d'été, Alexandrine m'avait traînée pour une promenade sur les nouveaux boulevards derrière l'église de la Madeleine. La journée avait été chaude, étouffante, et j'aspirais à la fraîche sérénité de mon salon, mais elle ne voulut rien savoir. Elle me fit passer une jolie robe (la rubis et noir), ajuster mon chignon, glisser mes pieds dans ces bottines minuscules que vous aimiez. Une vieille dame élégante comme moi se devait de sortir et de voir le monde au lieu de rester chez elle avec son infusion et sa couverture en mohair ! Ne vivais-je pas dans une magnifique cité ? Je me laissai gentiment régenter.

Nous prîmes un omnibus bondé pour nous y rendre. Je ne peux vous dire combien de Parisiens se pressaient sur ces longues avenues. La capitale pouvait-elle abriter tant de citadins ? C'est à peine si nous pouvions nous frayer un chemin le long des trottoirs flambant neufs et ponctués de marronniers. Et le bruit, Armand. Le grondement incessant des roues, le claquement des sabots. Des voix et des rires. Des vendeurs de journaux qui hurlaient les gros titres, des jeunes filles qui vendaient des violettes. L'éclairage aveuglant des vitrines, des nouveaux réverbères. On se serait cru au beau milieu de la journée. Imaginez un flot sans fin de calèches et de passants. Tout le monde semblait parader, exhiber atours, joaillerie, coiffes alambiquées, gorges généreuses, rondeurs des hanches. Lèvres rouges, coiffures en boucles, gemmes scintillantes. Les boutiques exposaient leurs marchandises en une profusion étourdissante de choix, de textures et de tons. Des cafés lumineux étalaient leur clientèle sur les trottoirs, sur des rangs et des rangs de petites tables, des serveurs entrant et sortant avec précipitation, le plateau brandi bien haut.

Alexandrine mena un vif combat pour nous obtenir une table (jamais je n'aurais osé), et nous pûmes enfin nous asseoir, un groupe de messieurs bruyants juste derrière nous occupés à engloutir leurs bières. Nous commandâmes de la liqueur de prune. Sur notre droite, deux dames outrageusement maquillées se pavanaient. Je remarquai leurs décolletés et leurs cheveux teints.

Alexandrine roula discrètement des yeux à mon adresse. Nous savions ce qu'elles étaient et ce qu'elles attendaient. Et, bien vite, l'un des hommes de la table voisine tituba vers elles, se pencha pour murmurer quelques mots. Quelques minutes plus tard, il s'éloignait en chancelant, une créature à chaque bras, sous les encouragements et les sifflets de ses compagnons. « Révoltant », articula silencieusement Alexandrine. J'opinai du chef et bus une gorgée de ma liqueur.

Plus je restais là, spectatrice impuissante de cette marée de vulgarité, plus la colère montait en moi. Je considérai les immeubles immenses et blafards qui nous faisaient face sur cette avenue d'une monotonie rectiligne. Pas une lumière ne brûlait dans les appartements luxueux construits pour des citoyens argentés. Le préfet et l'empereur avaient bâti un décor de théâtre, à leur image. Il n'avait ni cœur ni âme.

– N'est-ce pas grandiose ? chuchota Alexandrine, les yeux écarquillés.

En la voyant, je ne pus me résoudre à exprimer mon mécontentement. Elle était jeune et enthousiaste, et elle aimait ce Paris nouveau, comme tous ceux qui nous entouraient et qui jouissaient de ce soir d'été. Elle buvait tout ce clinquant, ce paraître, cette vanité.

Qu'était devenue ma cité médiévale, son charme pittoresque, ses allées sombres et tortueuses ? Ce soir-là, j'eus le sentiment que Paris s'était transformée en une vieille catin rougeaude se pavanant dans ses jupons froufroutants.

Une pile de livres se trouve à mes côtés. Ils me sont particulièrement chers. Oui, des livres. Maintenant, c'est à *vous* de glousser. Laissez-moi au moins vous raconter comment cela est arrivé.

Un jour, alors que je sortais de chez ma fleuriste, la tête pleine de senteurs, de couleurs, de pétales et des robes de bal de la baronne de Vresse, M. Zamaretti m'a demandé fort poliment de visiter sa boutique quand j'aurais un moment. (Il avait bien sûr remarqué que les récentes décorations d'Alexandrine avaient aidé son commerce à prospérer, et avait décidé de remanier son propre établissement. Jamais je n'y avais mis les pieds, mais je savais que vous le fréquentiez, vous qui adoriez lire. M. Zamaretti avait également remarqué que je passais de longues heures avec Alexandrine depuis un ou deux ans. N'était-il pas un rien jaloux de notre amitié ? Par une journée pluvieuse de juin, il était venu en coup de vent, alors qu'Alexandrine et ses clientes comméraient au sujet de l'exécution sensationnelle, à la prison de la Roquette, du jeune docteur Couty de la Pommerais, accusé d'avoir empoisonné sa maîtresse. Une foule nombreuse s'était rendue à son exécution. M. Zamaretti nous avait fourni toutes sortes de détails sanglants, car un de ses amis avait assisté à la décapitation. Plus nous hurlions d'horreur, plus il paraissait s'amuser.)

J'acceptai son invitation, et un après-midi, entrai dans sa boutique aux murs d'un bleu pâle particulièrement apaisant, et à l'entêtante odeur de cuir et de papier. M. Zamaretti avait fait du beau travail. Il avait un haut comptoir de bois couvert de crayons, de carnets de notes, de loupes, de lettres et de coupures de presse. On trouvait des rangées de livres de toutes tailles et de toutes couleurs, ainsi qu'une échelle pour les atteindre. Les clients pouvaient s'asseoir dans des fauteuils confortables sous de bonnes lampes et y lire tout leur content. La boutique d'Alexandrine résonnait des bavardages et du froissement du papier qu'elle utilisait pour emballer ses fleurs, du tintement de la clochette à la porte et de la toux fréquente de Blaise. Ici, l'atmosphère était studieuse et intellectuelle.

En entrant dans cette boutique profonde et sombre, où régnait le silence, on aurait cru pénétrer dans une église. Je félicitai M. Zamaretti pour son bon goût et étais sur le point de me retirer lorsqu'il posa la même question qu'Alexandrine m'avait posée des mois plus tôt. Bien sûr, elle portait sur son propre commerce, et non sur les fleurs.

– Aimez-vous lire, madame Rose ?

J'en fus désarçonnée. Je ne savais que répondre. Car il est certes embarrassant, n'est-ce pas, de devoir reconnaître que l'on ne lit pas. Il y a là de quoi passer pour une idiote. Aussi marmonnai-je quelques mots en fixant mes souliers.

– Peut-être souhaiteriez-vous vous asseoir ici pour lire un moment ? proposa-t-il avec son sourire suave.

(Il n'est pas beau, souvenez-vous, mais il faut mentionner ses yeux noisette et ses dents blanches, et le fait qu'il s'habille avec grand soin. Vous savez comme j'aime détailler les vêtements, et je peux vous dire que ce jour-là, il portait un pantalon à damier bleu, un gilet à carreaux rose et violet et une redingote bordée d'astrakan.) Il me guida vers un des fauteuils et veilla à allumer la lampe. Je m'assis docilement.

– Comme je ne connais pas vos goûts, puis-je me permettre quelques suggestions pour aujourd'hui ?

Je hochai la tête. Avec un sourire ravi il grimpa habilement à son échelle. Le vert émeraude de ses chaussettes me remplit d'admiration. Il redescendit, tenant quelques livres soigneusement en équilibre contre sa hanche.

– Nous avons ici quelques auteurs que vous apprécierez sans nul doute. Paul de Kock, Balzac, Dumas, Erckmann-Chatrian…

Il posa les volumes reliés de cuir aux titres en lettres d'or sur la petite table devant moi. *Le Barbier de Paris. L'Ami Fritz. La Tulipe noire. Le Colonel Chabert.* Je les considérai avec méfiance en me mordant la lèvre.

– Oh ! s'exclama-t-il soudain. J'ai une idée.

Il remonta sur son échelle. Cette fois, il n'alla quérir qu'un seul livre, qu'il me tendit dès que ses pieds eurent touché le sol.

– Je sais que vous allez aimer celui-là, madame Rose.

Je le pris avec précaution. Il était assez épais, remarquai-je, non sans une certaine angoisse.

– De quoi parle-t-il ? fis-je poliment.

– Il y est question d'une jeune femme. Elle est belle et s'ennuie. Elle est mariée à un médecin et la banalité de son existence provinciale l'étouffe.

Je vis qu'un lecteur silencieux à l'autre bout de la pièce avait levé les yeux, hoché la tête, et qu'il écoutait attentivement.

– Et qu'arrive-t-il à cette belle jeune femme ennuyée ? demandai-je, curieuse malgré tout.

M. Zamaretti baissa les yeux sur moi comme s'il remontait la première prise d'une superbe journée de pêche.

– Voyez-vous, cette jeune femme est une fervente lectrice de romans sentimentaux. Elle rêve de romance et trouve son mariage terne. Aussi se laisse-t-elle tenter par des aventures et, inévitablement, la tragédie se profile…

– Est-ce un roman convenable pour une vieille dame respectable comme moi ? le coupai-je.

Il eut un air faussement choqué. (Vous savez comme il avait tendance à exagérer.)

– Madame Rose ! Comment votre humble et digne servant oserait-il vous proposer un livre qui ne conviendrait ni à votre rang ni à votre intelligence ? Je n'ai pris la liberté de vous suggérer celui-ci que parce que je sais que les dames qui ne sont pas des lectrices enthousiastes succombent à cet ouvrage avec passion.

– Sans aucun doute attirées par le scandale autour du procès, intervint le lecteur solitaire à l'autre bout de la boutique.

M. Zamaretti sursauta comme s'il avait oublié jusqu'à sa présence.

– Les gens ont que d'autant plus envie de le lire.

– Vous avez raison, monsieur. Le scandale a contribué à ce que le livre fasse fureur.

– Quel scandale ? Quel procès ? demandai-je, me sentant de nouveau idiote.

– Eh bien, c'était il y a trois ou quatre ans, madame Rose, quand votre époux nous a quittés. L'auteur a été accusé d'outrage à la morale publique et à la religion. La publication du roman dans son intégralité a été bloquée, ce qui a entraîné un procès abondamment commenté dans la presse. Ensuite, tout le monde a voulu lire le roman qui avait été source d'un tel scandale. J'en ai personnellement vendu une dizaine par jour.

Je regardai le livre, l'ouvrit à la page de garde.

– Et qu'en pensez-vous, monsieur Zamaretti ? l'interrogeai-je.

– Je crois que Gustave Flaubert est l'un de nos plus grands auteurs, déclara-t-il. Et que *Madame Bovary* est un chef-d'œuvre.

– Allons donc, gloussa le lecteur depuis son coin. C'est aller un peu loin.

M. Zamaretti l'ignora.

– Lisez les premières pages, madame Rose. S'il ne vous plaît pas, rien ne vous oblige à poursuivre la lecture.

J'opinai de nouveau du chef, pris une profonde inspiration et tournai la première page. Je le faisais pour lui, bien sûr. Il s'était montré si gentil depuis votre mort, à m'adresser des sourires chaleureux, à me saluer quand je passais devant sa boutique. Je me rencognai confortablement dans le profond fauteuil. Je lirais pendant vingt minutes, le remercierais et remonterais chez moi.

Quand je vis Germaine debout devant moi, se tordant les mains, je n'étais plus tout à fait sûre de savoir où j'étais, ni ce que je faisais. J'avais l'impression de revenir d'un autre monde. Germaine me fixait, incapable de parler. Je réalisai que je me trouvais encore dans la librairie. Il faisait nuit noire dehors et mon estomac grondait.

– Quelle heure est-il ? fis-je faiblement.

– Eh bien, madame, il est près de sept heures. Mariette et moi nous sommes fait bien du souci. Le dîner est prêt et le poulet est vraiment trop cuit. Nous ne vous avons pas trouvée chez la fleuriste. Mlle Walcker nous a dit que vous étiez partie depuis longtemps.

Elle regarda intensément le livre que je tenais entre mes mains. Puis je compris que j'avais lu pendant plus de trois heures. M. Zamaretti m'aida à me lever avec un sourire triomphal.

– Voulez-vous revenir demain pour poursuivre votre lecture ? demanda-t-il, charmeur.

– Oui, répondis-je, hébétée.

Je me laissai entraîner à l'étage par une Germaine sévère qui ne cessait de secouer la tête en faisant claquer sa langue.

– Madame va bien ? chuchota Mariette, qui piétinait près de la porte environnée d'un fumet appétissant de poulet rôti.

– Madame va très bien, riposta sèchement Germaine. Madame lisait. Elle a oublié tout le reste.

Je pense que vous en auriez ri, mon amour.

J'ai fini par passer mes matinées à la librairie et mes après-midi chez Alexandrine. Pendant deux ou trois heures, je lisais, puis je remontais pour un rapide déjeuner préparé par Mariette et servi par Germaine, et je redescendais ensuite chez la fleuriste. Je vois maintenant comment la lecture et les fleurs ont tissé ma trame personnelle, et m'ont permis de m'accrocher à la vie après votre départ.

Je brûlais de retrouver Charles, Emma, Léon et Rodolphe. Le livre m'attendait sur la petite table devant le fauteuil et je me ruais dessus. Expliquer ce que j'éprouvais en lisant me paraît difficile, mais je vais m'y efforcer. Vous, grand lecteur, devriez me comprendre. C'était comme si je me trouvais en un lieu où nul ne pouvait me troubler, m'atteindre. Je devenais insensible aux bruits autour de moi, à la voix de M. Zamaretti, à celle des autres clients, aux passants dans la rue. Même quand la petite fille attardée venait jouer et ululait de rire en faisant rouler son ballon sur le sol, je ne voyais que les mots sur la page. Les phrases se muaient en images dans lesquelles j'étais aspirée comme par magie. Celles-ci affluaient dans ma tête. Emma, ses cheveux et ses yeux noirs, si noirs qu'ils en étaient presque bleus parfois. Grâce aux détails infimes de sa vie, j'avais l'impression d'être à ses côtés, de vivre ces instants avec elle. Son premier bal à La Vaubreyssard, sa valse étourdissante avec le vicomte. Le rythme stagnant de sa vie à la campagne, son mécontentement grandissant. Ses rêves intérieurs, si vivement dépeints. Rodolphe, la chevauchée à travers bois, son abandon, le rendez-vous secret dans le jardin. Puis la liaison avec Léon dans la splendeur passée d'une chambre d'hôtel. Et la fin horrible qui me coupa le souffle, le sang, la souffrance, le chagrin de Charles.

Comment avais-je pu tant tarder à découvrir les joies de la lecture ? Je me rappelle comme vous étiez concentré, ces soirs d'hiver où vous lisiez près de la cheminée. Je cousais, reprisais ou écrivais des lettres. Parfois, je jouais aux dominos. Et vous ne quittiez pas votre fauteuil, votre livre dans les mains, vos yeux filant d'une page à l'autre. Je me souviens d'avoir pensé que la lecture était votre passe-temps favori et que je ne le partageais pas. Mais cela ne m'inquiétait point. Je savais que vous ne partagiez pas non plus ma passion pour la mode. Tandis que je m'émerveillais de la coupe d'une robe, du ton d'une étoffe, vous savouriez Platon, Honoré de Balzac, Alexandre Dumas et Eugène Sue. Ô mon amour, comme je vous ai senti près de moi alors que je dévorais *Madame Bovary*. Je ne parvenais pas à comprendre tout ce tumulte au sujet du procès. Flaubert n'avait-il pas réussi à entrer précisément dans l'esprit d'Emma Bovary, offrant à son lecteur de connaître chacune des sensations qu'elle vivait, son ennui, sa douleur, sa peine, son ravissement ?

Un matin, Alexandrine m'emmena au marché aux fleurs de Saint-Sulpice. J'avais demandé à Germaine de me réveiller à trois heures du matin, ce qu'elle avait fait, les traits bouffis de sommeil, tandis que je ne ressentais que le picotement de l'excitation, et nulle ombre de fatigue. Enfin, j'allais découvrir comment Alexandrine choisissait ses fleurs, chaque mardi et vendredi, avec Blaise. Nous étions là, tous les trois, dans la pénombre et le silence de la rue Childebert. Il n'y avait personne, à part un couple de chiffonniers avec leurs crochets et leurs lanternes, qui s'éclipsèrent quand ils nous virent. Je crois n'avoir jamais posé les yeux sur ma ville à une heure aussi matinale. Et vous ?

Nous longeâmes la rue des Ciseaux et nous engageâmes dans la rue des Canettes, les premiers chariots et charrettes se dirigeant vers la place de l'église. Alexandrine m'avait expliqué que le préfet faisait construire un nouveau marché près de l'église Saint-Eustache, énorme édifice doté de pavillons de verre et de métal, une monstruosité sans aucun doute, et qu'il serait prêt d'ici un an ou deux. Vous pouvez imaginer que je n'avais guère le cœur à m'y rendre, pas plus que je ne voulais contempler le chantier de son nouvel opéra grandiose. Ainsi, Alexandrine devrait se procurer ses fleurs sur ce gigantesque marché. Mais ce matin-là, nous marchions vers Saint-Sulpice. Je serrais mon manteau contre moi, regrettant de n'avoir pris mon écharpe de laine rose. Blaise tirait une charrette de bois derrière lui, qui faisait presque sa taille.

En approchant, je pus distinguer le bourdonnement de voix et le fracas de roues sur le pavé. Des lampes à gaz créaient des poches de lumière brillant au-dessus des étals. Le parfum doux et familier des fleurs m'accueillit comme une étreinte amicale. Nous suivîmes Alexandrine dans un labyrinthe de couleurs. Elle me nomma les fleurs au fur et à mesure de notre passage. Œillets, perce-neige, tulipes, violettes, camélias, myosotis, lilas, narcisses, anémones, renoncules... J'avais l'impression qu'elle me présentait à ses meilleures amies.

– Il est encore trop tôt dans la saison pour les pivoines, dit-elle gaiement. Mais dès qu'elles commenceront à arriver, vous verrez qu'elles sont presque aussi populaires que les roses.

Alexandrine se déplaçait parmi les étals avec une vivacité de professionnelle. Elle savait exactement ce qu'elle voulait. Les marchands l'accueillaient en l'appelant par son prénom, et certains la courtisaient ouvertement, mais elle n'y prêtait pas la moindre attention. C'est à peine si elle souriait. Elle bouda des bouquets de petites roses rondes et blanches que je trouvais délicieuses. Quand elle s'aperçut de ma perplexité, elle m'expliqua qu'elles manquaient de fraîcheur.

– Les roses blanches Aimée Vibert doivent être parfaites, murmura-t-elle. Semblables à de la soie, ourlées d'une légère trace de rose. Nous nous en servons pour les bouquets de mariage, voyez-vous. Celles-ci ne dureront pas.

Comment le savait-elle ? m'étonnai-je. Peut-être était-ce lié à la façon dont les pétales se recroquevillaient, à la nuance des tiges ? La tête me tournait, mais j'étais ravie. Je la regardais toucher feuilles et pétales de sa main sûre et rapide, se baissant parfois pour humer une fleur ou l'effleurer de la joue. Elle se lançait dans des négociations acharnées avec les vendeurs. Je fus éberluée par sa détermination. Pas une fois elle ne céda, pas une fois elle ne recula. Elle avait vingt-cinq ans et pourtant, elle l'emportait sur de rudes marchands d'âge mûr.

Je demandai d'où provenaient toutes ces fleurs.

– Du Midi, me répondit Blaise, du Sud et du soleil.

Je ne pus m'empêcher de penser à ce flot de fleurs déferlant sur la ville jour après jour. Et où partaient-elles une fois vendues ?

– Les bals, les églises, les noces et les cimetières, m'affirma Alexandrine tandis que Blaise empilait solidement dans la charrette les fleurs qu'elle avait achetées. Paris a toujours faim de fleurs, madame Rose. Chaque jour, il lui faut sa ration. Pour l'amour, pour le chagrin, pour la joie, pour le souvenir, pour les amis.

Je la questionnai sur les raisons qui l'avaient poussée à choisir ce métier. Elle sourit, tapotant la masse épaisse de ses boucles.

– Près de là où nous vivions à Montrouge, il y avait un grand jardin. Il était magnifique, avec une fontaine et une statue. J'y jouais tous les matins, et les jardiniers qui y travaillaient m'ont tout appris. C'était fascinant. J'ai vite compris que les fleurs feraient partie de ma vie.

Puis elle ajouta, à voix basse :

– Les fleurs ont leur propre langage, madame Rose. Je le trouve tellement plus puissant que les mots.

Et, d'un geste vif, elle ficha un bouton de rose dans la boutonnière de mon manteau.

Je l'imaginais enfant, créature efflanquée, ses cheveux rebelles ordonnés en deux tresses, écumant le jardin de Montrouge, lieu de verdure au parfum de rose et de mignonnette, se penchant sur les bourgeons, ses longues mains sensibles examinant pétales, épines, bulbes et floraison. Elle m'avait dit qu'elle était fille unique. Je compris que les fleurs étaient devenues ses amies les plus proches.

Entre-temps, le soleil s'était timidement hissé au-dessus des deux tours de Saint-Sulpice. Les dernières lampes à gaz s'éteignirent. J'eus la sensation d'être réveillée depuis des siècles. L'heure était venue de rentrer rue Childebert. Blaise tira la charrette derrière lui, et une fois de retour à la boutique, les fleurs furent habilement arrangées dans des vases pleins d'eau.

Bientôt, la clochette de la porte se mettrait à sonner, et les fleurs d'Alexandrine entameraient leur voyage parfumé dans les rues de la ville. Et pourtant, ma fleuriste restait un mystère, et elle l'est toujours aujourd'hui. En dépit de toutes ces années, de nos longues conversations et de nos promenades dans les jardins du Luxembourg, je sais bien peu de chose à son sujet. A-t-elle un jeune homme dans sa vie ? Est-elle la maîtresse d'un homme marié ? Je n'en ai aucune idée.

Alexandrine est comme ce fascinant cactus qu'avait Maman Odette, d'une douceur trompeuse et terriblement piquant.

J'ai appris à vivre sans vous, peu à peu. Il le fallait. N'est-ce pas ce que font les veuves ? C'était une autre existence. Je m'efforçais d'être courageuse. Je pense que je l'ai été. Le père Levasque, pris par la restauration de son église sous la férule d'un des architectes du préfet (M. Baltard, celui qui construit aujourd'hui le nouveau marché dont je vous ai parlé), n'avait plus le temps de se promener dans les jardins du Luxembourg avec moi. Je dus me débrouiller, mais avec l'aide de mes nouveaux amis. Alexandrine trouva de quoi m'occuper. Elle m'envoyait effectuer des livraisons pour elle avec Blaise. Nous faisions une jolie paire, lui et moi. Tout le monde nous saluait de la rue de l'Abbaye jusqu'à la rue du Four, lui avec sa charrette, moi tenant les fleurs dans mes bras.

Nous préférions livrer les roses de la baronne de Vresse. Alexandrine passait le plus clair de ses matinées à les choisir. Cela lui prenait du temps. Il fallait que ce soient les plus raffinées, les plus belles, les plus parfumées. Des Adèle Heu roses. Des Aimée Vibert blanches, des Adélaïde d'Orléans en livrée ivoire, ou les *Amadis* rouge sombre. Elles étaient soigneusement emballées dans du papier fin et des boîtes, et nous devions alors nous hâter de les porter.

La baronne de Vresse résidait dans un superbe hôtel particulier au coin de la rue Taranne et de la rue du Dragon. Le valet, Célestin, nous ouvrait la porte d'entrée. Il avait un visage grave, un bouton gênant et poilu sur l'aile du nez, et était dévoué corps et âme à la baronne. Il fallait monter un grand escalier de pierre, ce qui était pénible. Tandis que je prenais garde à ne pas glisser sur les vieilles dalles, Blaise se démenait avec sa charrette. Jamais la baronne ne nous faisait attendre. Elle flattait la tête de Blaise d'une tape, lui glissait quelques pièces, puis le renvoyait à la boutique et me gardait avec elle. Je l'observais prendre soin des fleurs. Personne d'autre n'avait le droit de se charger de ses roses. Nous nous asseyions dans une grande salle lumineuse, son antre, l'appelait-elle. Elle était d'une délicieuse simplicité. Ici, pas de tentures pourpres, de dorures, de miroirs, de chandeliers scintillants. Les murs décorés de dessins d'enfants étaient d'un magenta pâle. Les tapis étaient blancs et moelleux, les baldaquins revêtus de toile de Jouy. On se serait cru dans une maison de campagne. La baronne aimait que ses roses soient agencées dans de grands vases étroits, et il lui fallait au moins trois bouquets. Parfois, son époux, homme alerte et hautain, passait, l'air préoccupé, guère conscient de ma présence, mais il n'avait rien de déplaisant.

Je pouvais rester là des heures, à savourer cette atmosphère délicatement féminine. De quoi parlions-nous, vous demandez-vous peut-être. De ses enfants, de gentilles petites filles que j'apercevais parfois en compagnie de leur gouvernante. De sa vie sociale, qui me fascinait, le bal Mabille, l'opéra, les théâtres. Et nous discutions longuement de livres, car comme vous, elle était une lectrice assidue. Elle avait lu *Madame Bovary* d'une traite, au désespoir de son époux qui n'avait pu l'arracher au roman. Je lui avais avoué que je lisais depuis peu, que ma nouvelle passion avait vu le jour grâce à M. Zamaretti, dont la boutique jouxtait celle d'Alexandrine. Elle me conseilla Alphonse Daudet et Victor Hugo et, captivée, je l'écoutais me décrire leurs œuvres.

Comme nos existences étaient différentes, songeais-je. N'avait-elle pas tout, la beauté, l'esprit, l'éducation, un mariage brillant ? Pourtant, je devinais en Louise de Vresse comme une tristesse tangible. Elle était bien plus jeune que moi, que Violette et Alexandrine, mais elle faisait preuve d'une maturité rare pour une personne de son âge. Tout en admirant sa silhouette gracile, je me demandais quels étaient les secrets qui se cachaient sous ce vernis. Je me surpris à vouloir me confier à elle, et à espérer faire l'objet de ses confidences. Mais je savais que cela était improbable.

Nous eûmes, il m'en souvient, un échange passionnant. Un matin, j'étais assise avec la baronne, après la livraison de fleurs, et je savourais une tasse de chocolat servie par Célestin. (Quelle magnifique porcelaine de Limoges aux armes de la famille de Vresse !) Elle lisait le journal à mes côtés, émaillant sa lecture de commentaires incisifs. J'aimais cela en elle, son vif intérêt pour ce qui se passait dans le monde, sa curiosité naturelle. Elle n'avait assurément rien d'une vaine coquette sans cervelle. Ce jour-là, elle portait une charmante robe à crinoline d'un blanc perle, aux manches évasées bordées de dentelle, et un corsage au col haut qui mettait en valeur la sveltesse de son buste.

– Oh, le Seigneur soit loué! s'exclama-t-elle soudain, penchée sur une page.

Je lui demandai de quoi il retournait. Elle m'expliqua que l'impératrice en personne était intervenue pour réduire considérablement la peine du poète Charles Baudelaire. Avais-je lu *Les Fleurs du mal*? s'enquit-elle. Je lui répondis que M. Zamaretti m'en avait récemment parlé. Il m'avait appris que ses poèmes avaient donné lieu à un procès et un scandale, comme *Madame Bovary*. Toutefois, je ne les avais pas encore lus. Elle se leva, s'en fut chercher un petit volume dans la pièce voisine et me le tendit. Une belle édition de fin cuir vert à la reliure ornée d'une couronne de fleurs exotiques entrelacées.

– Je pense que vous apprécierez grandement ces poèmes, madame Rose, me dit-elle. Je vous en prie, empruntez cet exemplaire et lisez-le. Je suis impatiente de savoir ce que vous en penserez.

Ainsi je rentrai chez moi. Après mon déjeuner, je m'assis pour lire les poèmes. J'ouvris le livre avec méfiance. Les seuls poèmes que j'avais jamais lus étaient ceux que vous m'adressiez, mon aimé. Je craignais de m'ennuyer en feuilletant ces pages. Que dirais-je à la baronne pour ne pas risquer de la heurter?

Je le sais désormais, en tant que lecteur, il faut faire confiance à l'auteur, au poète. Ils savent comment s'y prendre pour nous extirper de notre vie ordinaire et nous envoyer tanguer dans un autre monde dont nous n'avions même pas soupçonné l'existence. C'est ce que font les auteurs de talent. C'est ce que me fit M. Baudelaire.

Villa Marbella, Biarritz, 27 juin 1865

Ma chère madame Rose,

Un grand merci pour votre lettre qui a mis du temps à me parvenir, maintenant que je suis au Pays basque. Je séjourne chez lady Bruce, une amie chère, une Anglaise au goût exquis et d'excellente compagnie. Je l'ai rencontrée à Paris il y a de cela quelques années, lors d'un déjeuner de dames rue Saint-Honoré à l'hôtel de Charost qui, vous le savez peut-être, est l'ambassade britannique. L'ambassadrice, lady Cowley, avait placé lady Bruce à mes côtés, et nous nous sommes merveilleusement entendues, en dépit de notre différence d'âge. Je suppose que l'on peut dire qu'elle est assez âgée pour être ma grand-mère, toutefois, il n'y a rien d'âgé chez lady Bruce, elle est d'une étonnante vitalité. Toujours est-il que j'ai enfin reçu votre lettre, et je suis heureuse de vous lire et d'avoir de vos nouvelles. Je suis également ravie de voir que vous avez à ce point apprécié Charles Baudelaire ! (Mon époux ne peut imaginer pourquoi je suis si éprise de ses vers, et je suis incroyablement soulagée de trouver en vous une alliée.)

Ah, quelle joie de quitter la rue Taranne et ce Paris poussiéreux et bruyant ! Mais ma fleuriste préférée me manque terriblement (ainsi que sa précieuse compagne). Nulle part dans cette ville, malgré la présence lumineuse de la reine Isabelle II d'Espagne, et de l'impératrice elle-même, n'ai-je trouvé quelqu'un à même de livrer d'aussi divines fleurs et de créer d'aussi belles coiffes. Que vais-je faire ? Car il faut que je vous dise, madame Rose, Biarritz est peut-être encore plus élégante et brillante que la capitale.

Notre séjour ici est un tourbillon de bals, de feux d'artifice, d'excursions et de pique-niques. Me blottir dans un fauteuil avec une robe simple et un livre ne me déplairait pas, mais lady Bruce et mon époux m'en empêcheraient. (Lady Bruce, voyez-vous, peut se montrer terrifiante quand elle n'obtient pas ce qu'elle veut. C'est un petit bout de femme, moitié grande comme vous, et pourtant, elle exerce sur nous un pouvoir sans conteste. Peut-être sont-ce ses yeux gris pâle, sa bouche fine à la moue à la fois si farouche et charmante ? Même sa démarche, dans ses pantoufles minuscules, est l'incarnation de l'autorité.)

Il faut que je vous parle de sa maison, la Villa Marbella. Je suis sûre que vous l'adoreriez. Elle est absolument splendide. Imaginez une fantaisie mauresque de marbre, de céramique et de mosaïque tout droit sortie des Mille et Une nuits. *Imaginez des arcades gracieuses, des fontaines qui chantonnent, des bassins où se reflète la lumière, un patio ombragé et un dôme de verre éclaboussé de soleil. Quand on regarde vers le sud, c'est l'Espagne que l'on devine ! Si près, et les cimes des Pyrénées, toujours voilées dans des nuages cotonneux. Quand on se tourne vers le nord, on aperçoit Biarritz, ses falaises et les vagues écumantes.*

J'aime la proximité de la mer, si ce n'est qu'elle fait atrocement friser mes cheveux. Tous les soirs, juste avant que notre voiture nous emmène à la Villa Eugénie, je dois les faire lisser, une affaire bien pénible, je l'avoue. C'est dans cette magnifique demeure, que l'empereur a fait construire rien que pour elle, que l'impératrice nous attend. (Je sais que vous suivez la mode de près, et je pense sincèrement que vous seriez enthousiasmée par les robes fabuleuses qui se portent dans ces soirées époustouflantes. Sauf que ces crinolines semblent de plus en plus grandes, et qu'il est de moins en moins aisé d'assister à des fêtes avec une telle affluence.)

Comme vous êtes gentille de vous soucier de la santé de mes petites filles. Eh bien, Apolline et Bérénice adorent être ici. Je ne les laisse guère approcher de la mer, car les vagues sont impressionnantes. (L'autre jour, nous avons appris qu'un jeune homme s'est noyé, à Guéthary. Il a été emporté par le courant. Une tragédie.)

En début de semaine, j'ai emmené les filles et leur gouvernante à un événement mondain intéressant. Le temps était orageux et pluvieux, mais personne ne s'en souciait. Une grande foule s'était rassemblée près de la plage et du port, attendant l'apparition de l'empereur. Juste au-delà du port et de ces eaux traîtresses qui prennent tant de navires au piège se dresse un énorme rocher brun qui jaillit de la mer agitée. Au sommet de ce rocher, à la demande de l'empereur, une grande statue blanche de la Vierge a été installée afin de protéger tous ceux qui, en mer, cherchent leur chemin vers la terre. L'empereur et son épouse ont été les premiers à emprunter la longue passerelle de bois et de fer qui mène au rocher, sous bien des applaudissements. Nous n'avons pas tardé à les suivre, et les petites ont été impressionnées par le gonflement des vagues qui venaient fouetter la plate-forme rocheuse. J'ai levé les yeux vers le visage blanc de la Vierge qui se tenait là dans le vent, le regard tourné vers l'ouest, vers les Amériques. Je me suis demandé combien de temps elle bataillerait contre les orages violents, le vent et la pluie.

Transmettez mon meilleur souvenir à Alexandrine et Blaise. Je serai de retour à la fin de la saison, et j'espère de tout cœur recevoir d'ici là une autre lettre de vous.

Louise Églantine de Vresse

J'ai de nouveau senti le contact de la main glacée et le souffle de l'intrus sur mon visage. Ma lutte pour le repousser, les coups de pied furieux et les gestes désordonnés de mes bras, mon cri étouffé quand il écrase sa paume sale sur ma bouche. L'instant terrible où je comprends qu'il est vain de résister et qu'il va obtenir ce qu'il veut. Je n'ai qu'un moyen de tenir le cauchemar en échec, c'est de vous écrire. Je suis si fatiguée, mon amour. Je veux que vienne la fin. Je sais qu'elle est proche. Et pourtant, j'ai encore beaucoup à vous dire. Je dois mettre de l'ordre dans mes pensées. J'ai peur de ne faire qu'accroître votre confusion. Mes forces ne vont plus durer bien longtemps. Je suis trop vieille pour vivre dans de telles conditions. Pourtant, vous savez que rien ne me fera jamais quitter cette maison.

Je me sens un peu mieux maintenant. Quelques heures de sommeil, aussi brèves fussent-elles, m'ont redonné vie. Il est temps pour moi de vous parler de mon combat contre le préfet, de ce que j'ai entrepris. Je veux vous rapporter tout ce que j'ai tenté pour sauver notre maison. Après avoir reçu la lettre l'an dernier, j'ai remarqué que nos voisins n'avaient pas les mêmes réactions. Seuls Mme Paccard, le docteur Nonant et moi avions décidé de nous battre.

Le vent a commencé à tourner l'an dernier, en dépit du succès de l'Exposition universelle. Le préfet n'était plus auréolé de gloire. Après quinze années de destructions éprouvantes, le mécontentement des Parisiens grandissait. Je lisais les articles impitoyables de M. Picard et M. Ferry à son sujet dans la presse, l'un et l'autre très virulents. Tous semblaient s'interroger sur le financement des embellissements, l'étendue des travaux. Le préfet avait-il eu raison de raser l'île de la Cité, de déclencher des destructions aussi massives dans le Quartier latin ? Comment avait-il financé tout cela ? Puis, voyez-vous, au beau milieu de cette tourmente, le préfet commit deux faux pas qui, je crois, lui ont coûté son honneur. L'avenir le dira.

La première erreur concerna notre cher Luxembourg. (Mon bien-aimé, comme cela vous aurait exaspéré. Je ne peux que trop facilement imaginer votre réaction devant votre café matinal si vous aviez pu lire le ton détaché du sinistre décret dans le journal.) C'était un jour glacial de novembre, et Germaine s'occupait du feu tandis que je parcourais les nouvelles. Les jardins du Luxembourg seraient amputés de dix hectares afin d'améliorer le trafic de la rue Bonaparte et de la rue Férou. La magnifique pépinière du sud des jardins serait rognée pour les mêmes raisons. Je bondis sur mes pieds, surprenant Germaine, et me ruai en bas, chez ma fleuriste. Alexandrine attendait une livraison importante.

– Ne me dites pas que vous êtes d'accord avec le préfet là-dessus, grondai-je en lui brandissant le journal sous le nez.

J'étais si furieuse que j'en trépignais presque. Tandis qu'elle découvrait l'article, ses traits se décomposaient. Après tout, elle aimait la nature avec ferveur.

– Oh, s'exclama-t-elle, mais c'est terrible !

Cet après-midi-là, malgré le froid, les mécontents se rassemblèrent devant les portes du jardin en haut de la rue Férou. Je m'y rendis accompagnée d'Alexandrine et de M. Zamaretti. Il y eut très vite une véritable foule et l'on manda des gendarmes pour garantir l'ordre public. Des étudiants scandaient : « Longue vie aux jardins du Luxembourg ! » tandis que des pétitions circulaient fiévreusement. Je dus en signer trois, d'une main gantée et maladroite. Il était enthousiasmant de voir des Parisiens de tous âges, de toutes classes, se réunir pour défendre leur jardin. Près de moi, une dame élégante discutait avec un commerçant. Mme Paccard était là, avec le personnel de son hôtel. Mlle Vazembert avait un gentilhomme à chaque bras. Et, de loin, je vis l'adorable baronne de Vresse et son époux, avec la gouvernante et les petites filles dans leur sillage.

La rue de Vaugirard était désormais noire de monde. Comment diable rentrerions-nous ? Heureusement, avec Alexandrine et M. Zamaretti, je me sentais en sécurité. Nous étions tous là, unis contre le préfet. Quelle merveilleuse sensation ! Il entendrait parler de nous le lendemain matin, quand il scruterait les journaux en quête de son nom, avec son équipe, puisqu'on disait que c'était son premier geste de la journée. Il entendrait parler de nous quand les pétitions commenceraient à s'entasser sur son bureau. Comment osait-il amputer notre jardin ? Des liens particuliers nous rattachaient tous à cet endroit, avec le palais, les fontaines, le grand bassin, les statues, les massifs. Ce paisible jardin était le symbole de notre enfance, de nos souvenirs. Nous avions toléré trop longtemps l'ambition dévorante du préfet. Cette fois, nous nous dresserions contre lui. Nous ne le laisserions pas toucher aux jardins du Luxembourg.

Plusieurs jours de suite, nous nous sommes tous retrouvés là, à chaque fois plus nombreux. Les pétitions se multipliaient et les articles dans les journaux étaient fort critiques du préfet. Des étudiants déclenchèrent une émeute, l'empereur lui-même dut faire face à la foule alors qu'il était sur le point d'assister à une pièce de théâtre à l'Odéon. Je n'étais pas présente, mais j'en eus vent par Alexandrine. Elle me rapporta que l'empereur avait paru gêné. Il avait marqué un temps d'arrêt sur les marches, engoncé dans son manteau. Il avait écouté ce qui se disait et hoché la tête d'un air grave.

Quelques semaines plus tard, Alexandrine et moi lûmes que le décret était amendé car l'empereur avait ordonné au préfet de réviser ses plans. Nous étions folles de joie. Hélas ! notre bonheur fut de courte durée. Les jardins seraient bel et bien mutilés, mais pas aussi dramatiquement que prévu. La pépinière, elle, était condamnée. Ce fut une victoire décevante. Puis, alors même que l'affaire du Luxembourg se calmait, une autre, plus hideuse encore, se fit jour. Je peine à trouver les mots justes pour vous en faire part.

Croyez-le ou non, la mort obsédait dorénavant le préfet. Il était convaincu que la poussière émanant de la putréfaction des cadavres dans les cimetières parisiens contaminait l'eau. Pour des questions sanitaires le préfet envisageait de fermer les cimetières qui étaient situés dans l'enceinte de la ville. Il faudrait désormais déplacer les morts jusqu'à Méry-sur-Oise, près de Pontoise, à trente kilomètres de là, dans un immense cimetière, moderne nécropole. Le préfet avait imaginé des trains mortuaires qui partiraient de toutes les gares parisiennes. Les familles y prendraient place avec le cercueil de leur défunt, qui serait enseveli à Méry. C'était une chose si monstrueuse à lire qu'au début, je ne pus descendre pour montrer le journal à Alexandrine. Je ne parvenais plus à bouger. Je pensais à vous, mes êtres chers, vous, Baptiste et Maman Odette. Je me voyais à bord d'un lugubre train drapé de crêpe noir, plein d'endeuillés, de croque-morts et de prêtres afin de pouvoir me rendre sur vos tombes. Je crus fondre en larmes. Je pense que je l'ai fait. À vrai dire, je n'eus pas besoin de montrer l'article à Alexandrine. Elle l'avait déjà lu et pensait que le préfet avait raison. Elle avait foi dans la modernisation totale du réseau de distribution d'eau, et trouvait qu'il était sain d'enterrer nos morts en dehors des limites de la ville. J'étais trop chagrinée pour la contredire. Où étaient ses morts à elle ? me demandai-je. Pas à Paris, sûrement.

La plupart des gens étaient aussi scandalisés que moi. Et leur mécontentement s'aggrava encore quand le préfet annonça que le cimetière de Montmartre subirait des transformations. Afin d'ériger les piles d'un nouveau pont franchissant la butte, des dizaines de sépultures devaient être déplacées. La polémique enfla. Les journaux en firent leurs choux gras. Les adversaires du préfet laissèrent libre cours à leur venin. M. Fournel et M. Veuillot écrivirent des pamphlets brillants, cinglants, que vous auriez admirés. Après avoir obligé des milliers de Parisiens à déménager et avoir détruit leurs maisons, il voulait maintenant déporter les morts. Sacrilège ! Tout Paris s'indignait. On sentait que le préfet s'était aventuré en terrain dangereux.

Le coup de grâce lui fut porté par la publication dans *Le Figaro* d'un article très émouvant, qui me fit monter les larmes aux yeux. Une certaine Mme Audouard (une de ces dames qui écrivent avec témérité, pas comme la comtesse de Ségur et ses gentils contes pour enfants) avait un fils enterré à Montmartre. Elle et moi avions ce même chagrin muet. Armand, ses mots resteront à jamais gravés dans mon cœur. « Monsieur le Préfet, toutes les nations, même celles que nous qualifions de barbares, respectent les morts. »

L'empereur n'épaula pas son préfet. Devant une opposition si féroce, le projet fut abandonné au bout de quelques mois. Pour la première fois, le préfet était pris pour cible. Enfin.

Sens, 23 octobre 1868

Très chère madame Rose,

Jamais je ne vous remercierai assez de votre inestimable soutien. Vous êtes la seule personne sur cette terre à comprendre vraiment le trouble et le désespoir que j'ai endurés quand j'ai dû accepter que l'hôtel soit détruit. L'hôtel faisait comme partie de moi. Je me suis donnée corps et âme à cet immeuble, tout comme le fit mon époux bien-aimé quand il était encore de ce monde. Je me souviens de la première fois où j'ai posé les yeux sur l'hôtel. Ce n'était qu'une forme sombre et maussade tapie près de l'église. Personne n'y avait vécu depuis des années, il était infesté de souris et puait l'humidité.

Gaston, mon mari, vit aussitôt ce que nous pourrions en faire. Il avait l'œil, comme on dit. Parfois, les maisons sont timides, elles ne dévoilent pas facilement leur personnalité. Il a fallu du temps pour considérer cette maison comme la nôtre, et chaque instant passé entre ses murs fut un moment de joie.

Dès le début, j'ai su que je voulais un hôtel. Je savais le travail sans relâche que cette activité exigerait, mais cela ne m'a pas dissuadée, pas plus que Gaston. Quand ils ont suspendu l'enseigne pour la première fois au balcon du premier étage, je me pâmais de bonheur et de fierté. Vous le savez, l'hôtel a presque toujours affiché complet. C'était le seul établissement convenable du quartier et, une fois le bouche à oreille lancé, jamais nous n'avons manqué de clients.

Madame Rose, comme mes clients me manquent, leur bavardage, leur fidélité, leurs caprices. Même les plus excentriques. Même ces messieurs respectables qui amenaient de jeunes demoiselles pour de rapides galipettes quand je fermais les yeux. Vous souvenez-vous de M. et Mme Roche, qui venaient chaque mois de juin pour leur anniversaire de mariage ? Et Mlle Brunerie, cette charmante vieille fille, qui réservait toujours la chambre au dernier étage, celle qui donnait sur le toit de l'église ? Elle disait qu'ainsi, elle se sentait plus près de Dieu. Parfois, je m'étonne qu'un endroit si protecteur puisse être si aisément effacé de la surface de la terre.

J'ai choisi de partir avant que la rue Childebert soit démolie. Je vous écris aujourd'hui depuis la maison de ma sœur, à Sens, où je m'efforce d'ouvrir une pension de famille, sans grand succès. Je n'ai pas oublié comme nous nous sommes battus, surtout vous, le docteur Nonant et moi. Les autres habitants de la rue semblent avoir accepté leur sort sans difficulté. Peut-être avaient-ils moins à perdre. Peut-être étaient-ils impatients de commencer une nouvelle vie, ailleurs. Je me demande parfois ce qu'ils sont tous devenus.

Je sais que nous ne reverrons probablement jamais nos voisins. Quelle idée curieuse, nous qui, chaque matin de nos vies, nous saluions les uns les autres. Tous ces visages familiers, ces immeubles et ces boutiques. M. Jubert tançant son équipe, M. Horace au nez déjà rose à neuf heures du matin, Mme Godfin et Mlle Vazembert à l'œuvre telles deux poules se disputant, M. Bougrelle papotant avec M. Zamaretti, et le riche et merveilleux parfum de chocolat nous parvenant de la boutique de M. Monthier. J'ai vécu tant d'années rue Childebert, quarante, peut-être, non, quarante-cinq, et je ne peux admettre qu'elle n'existe plus. Je refuse de poser les yeux sur le boulevard moderne qui l'a engloutie.

Avez-vous décidé de vous installer chez votre fille, madame Rose ? Je vous en prie, donnez-moi des nouvelles de temps en temps. S'il vous prenait l'envie de venir me voir à Sens, faites-le-moi savoir. C'est une ville bien agréable. Un repos bienvenu après le labeur, la poussière et le bruit sans fin de Paris. Mes clients continuent de m'écrire pour me dire à quel point l'hôtel leur manque, ce qui m'est d'un grand réconfort. Vous savez comme je les gâtais. Les chambres étaient impeccables, décorées avec simplicité et bon goût, et Mlle Alexandrine nous livrait chaque jour des fleurs fraîches, pour ne rien dire des chocolats de M. Monthier.

Comme il me manque de me tenir à la réception et d'accueillir mes clients. Et quelle affluence internationale ! J'ai cru perdre la raison à l'idée de fermer en pleine Exposition universelle. Quelle horreur de devoir accepter la destruction de tant d'années de travail !

Je pense souvent à vous, madame Rose. À votre grâce et votre gentillesse envers notre voisinage ; votre grand courage quand votre époux est décédé. M. Bazelet était un vrai gentilhomme. Je sais qu'il n'aurait pas supporté que sa chère maison soit détruite. Je vous revois tous deux marchant dans la rue, avant que sa maladie ne le fragilise. Quel couple charmant vous faisiez. Et, Seigneur miséricordieux, je me souviens du petit garçon. Madame Rose, personne ne l'oubliera jamais. Dieu le bénisse, et vous aussi. J'espère que vous êtes heureuse avec votre fille. Peut-être cette épreuve vous rapprochera-t-elle enfin. Je vous transmets mes amitiés et mes prières et espère que nous nous reverrons.

Micheline Paccard

Mes livres sont ici en bas, avec moi. Ils sont beaux, magnifiquement reliés, dans des tons variés. Jamais je ne m'en séparerai. *Madame Bovary*, bien sûr, celui qui m'a ouvert la porte du monde ensorcelant de la lecture. *Les Fleurs du mal*, que je lis de temps à autre. Telle une friandise que l'on grignote à l'occasion, je me délecte à lire un ou deux poèmes, et à en laisser d'autres pour plus tard. C'est ce que les poèmes ont de plus fascinant, comparés aux romans. Les poèmes de M. Baudelaire regorgent d'images, de sons et de couleurs. Ils sont étranges et obsédants, parfois troublants.

Vous auraient-ils plu ? Je le pense. Ils jouent sur vos nerfs, sur vos sens. Mon préféré est « Le flacon », où les odeurs recèlent des souvenirs, et le parfum ressuscite le passé. Je sais que la senteur des roses me rappellera toujours Alexandrine et la baronne. L'eau de Cologne et le talc, c'est vous, mon amour. Le lait chaud et le miel, voilà Baptiste. La verveine et la lavande, Maman Odette. Si vous aviez été là, je vous aurais lu ce poème, encore et encore.

Parfois, la lecture d'un livre m'entraîne vers un autre. Avez-vous connu pareille expérience ? J'en suis sûre. Je l'ai découverte assez tôt. M. Zamaretti me laissait rôder entre les rayonnages. Il m'est même arrivé de grimper à l'échelle pour atteindre les étagères du haut. Vous voyez, Armand, j'étais animée d'une faim nouvelle, et certains jours, j'étais véritablement vorace. Le besoin de lire s'emparait de moi et exerçait sa délicieuse et grisante emprise. Plus je lisais, plus j'avais faim. Chaque ouvrage était riche de promesses, chaque page que je tournais était une équipée, l'attrait d'un autre monde. Mais alors, que lisais-je ? vous demandez-vous.

Charles Baudelaire m'a guidée jusqu'à un auteur, américain je crois, un certain Edgar Allan Poe. Le fait que M. Baudelaire lui-même ait traduit ses nouvelles conférait à l'affaire un charme supplémentaire. Quand mon poète favori est mort l'an dernier, j'ai lu qu'il avait été enterré dans notre cimetière familial, à Montparnasse. Le lieu de repos éternel de Charles Baudelaire n'est qu'à quelques allées de vous, de Baptiste et Maman Odette. Ces temps derniers, j'étais trop fatiguée pour faire tout ce chemin, mais la dernière fois que je m'y suis rendue, je suis passée par sa tombe. Une lettre avait été déposée sur sa sépulture. Il avait plu, l'encre s'était étalée sur le papier comme une grande fleur noire.

Dans les histoires de M. Poe, je retrouve les mêmes thèmes puissants et obsédants qui me touchent si profondément. Et j'ai pu comprendre, avec une clarté frappante, pourquoi M. Baudelaire avait choisi de traduire ses œuvres. Elles offraient la même perspective, la même vision des choses. Oui, elles sont macabres, abondent en mystère et sont le fruit d'une imagination luxuriante. Les goûts littéraires de votre gentille Rose vous laissent-ils perplexe ? L'histoire que je préfère s'intitule *La Chute de la maison Usher.* Elle se déroule dans un sinistre manoir couvert de lierre qui surplombe un étang sombre et silencieux. Le narrateur est convoqué par un vieil ami qui, souffrant d'une maladie sans nom, a besoin de son aide. Je peux seulement vous décrire l'émotion qui me transporta quand je la lus pour la première fois. Un frisson me parcourut l'échine. Quelle atmosphère de malfaisance, de peur, où les forces d'un autre monde œuvrent à quelque damnation. Parfois, je devais m'interrompre pour reprendre mon souffle, il m'arriva même d'avoir le sentiment que je ne pourrais poursuivre ma lecture, qu'elle aurait raison de moi. Je ne pouvais plus respirer. Et pourtant, bien vite, je replongeais dans ces pages, personne ni rien n'aurait pu me détourner de l'abominable secret de Roderick Usher, de l'apparition spectrale de Madeline dans sa robe tachée de sang, ou de l'effondrement du manoir dans l'étang. M. Poe est un maître magicien.

Ce matin, les bruits ont repris. Cela ne devrait plus tarder désormais. Je n'ai pas beaucoup de temps devant moi, aussi vais-je reprendre mon récit. J'ai encore tant de choses à vous dire. Il y a six mois, Mme Paccard, le docteur Nonant et moi avons décidé de nous rendre à l'Hôtel de Ville pour protester contre la destruction de notre rue. Nos nombreuses lettres n'avaient eu droit qu'aux réponses de fonctionnaires qui, comme vous pouvez vous en douter, s'étaient contentés de répéter que la décision était irrévocable, mais que l'on pouvait espérer négocier la somme d'argent qui nous était allouée. Or, nous n'étions pas intéressés par l'argent. Nous ne souhaitions que préserver nos murs.

Imaginez-nous donc, en ce jour de juin, absolument déterminés. Mme Paccard et son chignon frémissant, le docteur Nonant et son visage grave encadré de favoris, et votre Rose, dans son plus beau manteau de soie bordeaux et portant un bonnet voilé. Nous traversâmes le fleuve par une matinée chaude et limpide, et je fus impressionnée, comme toujours, par l'imposant édifice de style Renaissance qui nous attendait à l'autre bout du pont. La nervosité me nouait l'estomac et la tête me tournait presque alors que nous approchions de l'immense façade de pierre. N'étions-nous pas insensés de croire ne fût-ce qu'un instant que nous pourrions rencontrer l'homme en personne ? Et nous écouterait-il seulement ? J'étais soulagée de ne pas être seule, d'avoir mes deux compagnons à mes côtés. Ils semblaient bien plus assurés que moi.

Dans l'énorme hall d'entrée, je remarquai une fontaine qui chuchotait sous les courbes d'un large escalier. Par petits groupes, des gens arpentaient cette salle gigantesque, impressionnés par les ornements du plafond et la grandeur des lieux. Ainsi, c'était ici qu'il vivait et travaillait, cet homme dont je préfère encore ne pas à écrire le nom. Lui et sa famille (son épouse Octavie, qui ressemble à une musaraigne et, dit-on, répugne aux mondanités, et ses deux filles, Henriette et Valentine, roses, plantureuses et aux cheveux d'or, apprêtées comme des vaches de concours) dormaient sous ce toit monumental, quelque part dans les replis labyrinthiques de ce grandiose édifice.

Grâce aux journaux, nous savions tout des fêtes somptueuses, dispendieuses, qui se donnaient ici, dans une pompe digne du Roi-Soleil en personne. La baronne de Vresse avait assisté à la fête organisée pour le tsar et le roi de Prusse un an plus tôt, avec trois orchestres et un millier d'invités. Elle avait également pris part à la réception en l'honneur de François-Joseph d'Autriche en octobre suivant, où quatre cents hôtes avaient été servis par trois cents valets de pied. Elle m'avait décrit le dîner à sept plats, l'abondance de fleurs, les verres de cristal et la porcelaine fine, les cinquante candélabres géants. L'impératrice portait une robe taffetas frangée de rubis et de diamants. (Alexandrine en était restée bouche bée tandis que je m'enfermais dans un silence de marbre.) Tous les Parisiens avaient entendu parler de la cave à vin du préfet, la plus belle de la ville. Tous savaient qu'en passant rue de Rivoli aux premières heures du matin, on pouvait voir une lampe brûler à une seule fenêtre de l'Hôtel de Ville, celle du préfet, qui s'escrimait ainsi avec pour seule ambition de déployer son armée de pioches dans notre cité.

Nous n'avions pas rendez-vous avec un interlocuteur précis et fûmes dirigés vers le Bureau des domaines et expropriations au premier étage. Là, nous fûmes accueillis par le spectacle démoralisant d'une longue file d'attente et prîmes place dans la queue. Je me demandai qui étaient toutes ces personnes et ce qu'elles étaient venues réclamer. La dame près de moi avait mon âge, le visage fatigué et les vêtements chiffonnés, mais elle portait aux doigts des bagues fines et précieuses. À ses côtés se tenait un homme barbu, l'air fermé et impatient, qui tapait du pied et consultait sa montre toutes les dix minutes. Il y avait aussi une famille, deux jeunes parents, fort convenables, avec un bébé agité et une petite fille lasse.

Tout le monde attendait. De temps à autre, une porte s'ouvrait, et un fonctionnaire sortait prendre les noms des nouveaux arrivants. J'eus le sentiment que cela durerait éternellement. Quand notre tour fut enfin venu, on ne nous autorisa pas à entrer ensemble, mais un par un. Rien d'étonnant à ce que l'affaire ait pris si longtemps ! Nous laissâmes Mme Paccard passer la première.

Les minutes s'égrenèrent. Quand elle ressortit enfin, ses traits paraissaient affaissés. Elle marmonna quelque chose que je ne saisis pas et s'effondra sur sa chaise, la tête entre les mains. Le docteur Nonant et moi la regardâmes avec inquiétude. La nervosité me gagna un peu plus. Je laissai le docteur entrer avant moi, car j'avais besoin de me dégourdir les jambes. Il régnait dans la pièce une atmosphère étouffante et moite, débordant des odeurs et de la peur des autres.

Je sortis dans le grand couloir où je me mis à faire les cent pas. Semblable à une ruche, l'Hôtel de Ville bruissait d'activité. C'était ici que tout se passait, comprenez-vous. Ici qu'était née la lente destruction de notre ville. Tous ces hommes affairés se hâtant çà et là, des papiers et des dossiers à la main, avaient un rapport avec les travaux. Lequel d'entre eux avait décidé que le boulevard passerait juste à côté de l'église, lequel avait dessiné les plans, tracé la première ligne fatale ?

Nous avions tous lu des articles sur la formidable équipe du préfet et connaissions leurs visages, chacun ayant eu sa part de célébrité. La crème de la crème de l'élite intellectuelle de notre pays, tous de brillants ingénieurs titulaires des meilleurs diplômes, de Polytechnique, des Ponts et Chaussées. M. Victor Baltard, « l'homme de fer », père du gigantesque marché dont je vous ai parlé. M. Jean-Charles Alphand, le « jardinier », célèbre pour avoir offert ses nouveaux poumons à notre ville. M. Eugène Belgrand, « l'homme de l'eau », obsédé par nos égouts. M. Gabriel Davioud, qui conçut les deux théâtres de la place du Châtelet, mais aussi cette malheureuse fontaine démesurée à Saint-Michel. Chacun de ces messieurs avait eu son rôle grandiose à jouer, chacun avait été éclaboussé de gloire.

Et l'empereur, bien sûr, surveillant tout depuis les havres dorés de ses palais, loin des gravats, de la poussière, de la tragédie.

Quand on m'appela enfin, je me retrouvai assise en face d'un charmant jeune homme qui aurait pu être mon petit-fils. Il avait de longs cheveux ondulés dont il semblait extrêmement fier, portait un costume noir immaculé à la dernière mode et des souliers luisants. Son visage était lisse et son teint aussi délicat que celui d'une jeune fille. Sur son bureau étaient empilés dossiers et classeurs. Derrière lui, un vieux monsieur à lunettes griffonnait, absorbé par son travail. Clignant des yeux, le jeune homme m'adressa un regard las et arrogant. Il alluma un petit cigare sur lequel il tira d'un air important, puis m'invita à formuler ma réclamation. Je lui répondis calmement que j'étais fermement opposée à la destruction de ma demeure familiale. Il me demanda mon nom et mon adresse, ouvrit un gros registre, fit glisser son doigt le long de quelques pages. Puis il grommela :

– Cadoux, Rose, veuve d'Armand Bazelet, 6 rue Childebert.

– Oui, monsieur, dis-je, c'est moi.

– Vous n'êtes pas d'accord avec la somme proposée par la préfecture, je suppose ?

Il le dit avec un ennui teinté d'une nonchalance méprisable, tout en considérant ses ongles. Quel âge avait donc ce garnement plein de morgue, pensais-je, bouillant sur place. Sans doute avait-il à l'esprit d'autres sujets plus plaisants, un déjeuner avec une jeune femme, ou une soirée de gala. Quel costume devrait-il porter ? Aurait-il le temps de se faire boucler les cheveux avant la tombée de la nuit ? Assise en face de lui, je gardais le silence, une main posée à plat sur le bureau qui nous séparait.

Quand il leva enfin les yeux vers moi, probablement surpris par mon mutisme, son regard trahit la méfiance. Je sus ce qu'il pensait : en voilà une qui va faire des histoires, je vais être en retard pour mon déjeuner. Je me vis telle qu'il me considérait, une vieille dame respectable, bien conservée, sans doute fort jolie en son temps, des siècles plus tôt, qui était maintenant là pour quémander plus d'argent. Elles le faisaient toutes. Parfois, elles l'obtenaient. Ainsi pensait-il.

– Quelle somme envisagez-vous, madame Bazelet ?

– Je ne pense pas que vous ayez saisi la nature de ma démarche, monsieur.

Il se raidit et haussa un sourcil.

– Et puis-je savoir quelle en est la nature, je vous prie, madame ?

Oh, l'ironie de son ton, la moquerie. J'aurais pu gifler ses joues rondes et lisses.

Je déclarai d'une voix claire :

– Je suis opposée à la destruction de ma demeure familiale.

Il réprima un bâillement.

– Oui madame, c'est ce que j'ai cru comprendre.

– Je ne veux pas d'argent, ajoutai-je.

Il eut l'air confondu.

– Mais alors, que voulez-vous, madame ?

Je pris une profonde inspiration.

– Je veux que le préfet construise le boulevard Saint-Germain plus loin. Je veux sauver ma maison et la rue Childebert.

Il en resta bouche bée. Puis il me dévisagea. Et il éclata de rire, un bruit affreux, gargouillant. Oh, comme je le haïs. Il rit, et rit encore, et le crapaud qui lui tenait lieu d'assistant se joignit à lui, jusqu'à ce qu'une porte s'ouvre, laissant le passage à un troisième, qui ne tarda pas à se tenir les côtes quand le jeune gredin lui raconta en s'étranglant :

– Madame veut que le préfet déplace le boulevard afin de sauver sa maison.

Et ils caquetèrent de plus belle, me montrant joyeusement du doigt.

Il n'y avait plus rien à dire ni à faire. Je me levai, aussi digne que possible, et sortis. Dans la pièce voisine, le docteur Nonant épongeait de son mouchoir son front ourlé de sueur. Quand il vit mon visage, il secoua la tête et leva les mains, paumes vers le haut, en signe de désespoir. Mme Paccard me serra le bras. Bien sûr, ils avaient entendu les rires. Tout l'Hôtel de Ville les avait entendus.

Il y avait encore plus de monde dans la pièce et l'atmosphère était suffocante, confinée. Nous partîmes en hâte. Puis, soudain, nous le vîmes alors que nous descendions l'escalier.

Le préfet. Il nous dominait tous, et se tenait si près de nous que nous nous figeâmes, le souffle coupé. Je l'avais déjà vu, mais jamais d'aussi près. Il était là, à portée de main. Je pouvais distinguer le grain de sa peau légèrement mouchetée, son teint rougeaud, sa barbe drue et bouclée, son regard bleu et glacé. Il était large, un peu gras, avec des mains énormes.

Nous nous aplatîmes contre la rampe sur son passage. Deux ou trois fonctionnaires le suivaient dans une odeur de sueur rance, d'alcool et de tabac. Il ne nous vit pas. Il avait l'air décidé, implacable. Je brûlais de tendre la main et d'agripper son poignet épais, pour l'obliger à me regarder, et libérer ma haine, ma peur, mon angoisse, lui hurler qu'en détruisant ma maison, c'étaient mes souvenirs et ma vie qu'il réduisait en cendres. Mais ma main resta ballante à mon côté. Et il s'en fut.

Nous sortîmes en silence, tous les trois. Nous avions perdu notre combat. Aucun d'entre nous n'avait osé s'adresser au préfet. Il n'y avait plus rien à faire. La rue Childebert était condamnée. Le docteur perdrait ses patients, Mme Paccard son hôtel et moi notre maison. Nous n'avions plus d'espoir. C'était fini.

Dehors, l'air était doux, presque trop chaud. Je resserrai mon bonnet sur ma tête quand nous nous engageâmes sur le pont. Je ne vis rien de l'activité sur le fleuve, rien des péniches et des bateaux glissant dans un sens ou dans l'autre, pas plus que je ne prêtai attention au trafic autour de nous, aux omnibus bondés et aux calèches pressées. Leurs rires insultants résonnaient encore à mes oreilles, et les joues me cuisaient.

De retour à la maison, mon cher, j'étais si hors de moi que je m'assis à mon bureau et écrivis une longue lettre au préfet. J'ordonnai à Germaine de filer à la poste pour l'envoyer sur-le-champ. Je ne sais absolument pas s'il l'a lue, mais l'écrire me soulagea un peu du poids qui pesait sur ma poitrine. Je m'en souviens parfaitement. Après tout, c'était il n'y a pas si longtemps.

Juin 1868

Monsieur,

Sans doute ne lirez-vous jamais ceci. Mais peut-être ma lettre aboutira-t-elle entre vos mains. Aussi mince soit-elle, c'est une chance que je saisis.

Vous ne me connaissez pas. Et vous ne me connaîtrez jamais. Je me nomme Rose Bazelet, née Cadoux, et je réside rue Childebert, qui est sur le point d'être rasée pour que se poursuivent les travaux de percement de la rue de Rennes et du boulevard Saint-Germain.

Depuis quinze ans, je vous supporte. J'ai supporté vos travaux, votre avidité, votre entêtement. J'ai supporté la poussière, l'inconfort, les torrents de boue, les débris, les destructions et l'avènement d'un Paris clinquant et de mauvais goût qui incarne parfaitement la vulgarité de vos ambitions. J'ai supporté la mutilation des jardins du Luxembourg. Aujourd'hui, j'en ai assez.

Ce jour même, monsieur, je me suis rendue à l'Hôtel de Ville, comme bien d'autres Parisiens dans ma situation, afin de protester contre la démolition de ma demeure familiale. Je ne tiens pas à vous rapporter avec quelle arrogance je fus reçue.

Êtes-vous conscient, monsieur, que dans cette ville, des citoyens n'approuvent guère vos actes ? Savez-vous que l'on vous surnomme « l'Attila de la ligne droite », le « Baron éventreur » ? Peut-être ces sobriquets vous font-ils sourire. Peut-être l'empereur et vous-même avez décidé de ne pas vous soucier de ce que la populace pense de vos embellissements. Des milliers de maisons ont été détruites. Des milliers de gens ont été contraints de déménager, de faire leurs bagages. Bien sûr, ces désagréments ne représentent rien pour vous qui êtes douillettement abrité dans la magnificence protégée de l'Hôtel de Ville. Vous êtes convaincu que le foyer d'une famille se résume à une somme d'argent. Pour vous, une maison n'est qu'une maison. Votre nom à lui seul est une ironie. Comment se peut-il que vous vous appeliez Haussmann ? En allemand, cela ne signifie-t-il pas « l'homme de la maison » ? J'ai lu que lorsque vous avez engagé les travaux de continuation du boulevard qui porte désormais votre nom, vous n'avez pas hésité à faire abattre la maison même où vous êtes né. Cela est révélateur.

Je suis heureuse d'apprendre que le nombre de vos ennemis va croissant, surtout depuis la déplorable affaire des cimetières. Les gens questionnent aujourd'hui l'influence qu'aura sur l'avenir le remodelage complet de notre capitale. Ces transformations irrévocables ont perturbé des communautés, des quartiers, des familles, et annihilé jusqu'au souvenir. Les citoyens les plus démunis ont été envoyés vivre hors de l'enceinte de la ville parce qu'ils ne peuvent plus se payer les loyers de ces nouveaux immeubles. Tout cela, sans aucun doute, affectera les Parisiens pendant de nombreuses années.

Les dégâts sont là. Je ne me promène plus dans les rues de ma ville, monsieur, car elle m'est devenue étrangère.

J'y suis née, il y a près de soixante ans, tout comme vous. Quand vous avez été nommé, j'ai été le témoin du balbutiement des transformations, de l'enthousiasme et de l'appel à la modernité qui était sur toutes les lèvres. J'ai vu la continuation de la rue de Rivoli, assisté à l'ouverture du boulevard Sébastopol qui a ruiné la maison de mon frère, à l'ouverture du boulevard du prince Eugène, du boulevard Magenta, de la rue Lafayette, de la rue Réaumur, de la rue de Rennes, du boulevard Saint-Germain... Je ne serai plus là pour être témoin de la poursuite de vos travaux, et j'en suis grandement soulagée.

Je n'ai qu'un dernier commentaire à vous adresser. N'avez-vous pas, l'empereur et vous, été dépassés par la grandiloquence pure et simple de votre projet ? Il semblerait que l'énormité de vos ambitions mutuelles vous ait poussés à concevoir Paris non seulement comme la capitale de la France, mais comme celle du monde entier. Je n'abdiquerai pas face à vous, monsieur. Je n'abdiquerai pas face à l'empereur. Vous ne me chasserez pas comme ces moutons de Parisiens dont vous avez démantelé les existences. Je vous résisterai, monsieur.

Au nom de feu mon époux, Armand Bazelet, qui naquit, vécut, aima et mourut dans notre maison rue Childebert, je ne me rendrai jamais.

Rose Bazelet

Au beau milieu de la nuit, tout en bas dans le cellier, je sentis une présence près de moi et faillis m'évanouir. Paniquée, je crus que c'était l'intrus et que jamais personne ne m'entendrait crier. Je pensais que ma dernière heure était venue. Je me débattis alors avec des allumettes pour éclairer ma chandelle.

D'une voix tremblante, j'appelai :

– Qui est là ?

Une main chaude trouva la mienne. À mon grand soulagement, c'était Alexandrine. Elle était entrée dans la maison avec son ancienne clé, avait descendu l'escalier dans le noir jusqu'à moi. Elle avait enfin compris que je me cachais ici. Je la suppliai de ne dévoiler ma présence à personne. Elle continua de me fixer à la lueur vacillante de la chandelle. Elle semblait très agitée.

– Tout ce temps, vous étiez là, madame Rose ?

Je veillai à lui assurer que j'avais été aidée par Gilbert, mon ami chiffonnier. Il m'achetait chaque jour de la nourriture, de l'eau et du charbon, j'allais très bien en dépit du froid glacial qui s'était emparé de la ville. Elle me prit la main, bredouillant d'émotion, et s'écria :

– Oh, mais vous ne pouvez plus rester là, madame Rose ! Ils vont abattre la maison dans les vingt-quatre heures ! Ce serait de la folie de rester, vous allez…

Ses yeux fixèrent les miens, ces yeux couleur caramel brillant d'intelligence, et je soutins son regard avec calme. C'était comme si elle cherchait une réponse tout au fond de moi et, sans mot dire, je lui donnai cette réponse. Elle fondit en larmes. Je la serrai dans mes bras et nous restâmes ainsi un long moment, jusqu'à ce que ses sanglots s'apaisent un tant soit peu. Quand elle se fut reprise, elle chuchota simplement :

– Pourquoi ?

L'immensité de sa question me submergea. Comment pouvais-je lui expliquer ? Par où commencer ? Le silence, froid et brut, nous enveloppa. J'eus la sensation d'avoir vécu ici toute ma vie, que jamais je ne reverrais la lumière du jour. Quelle heure était-il ? Peu importait. La nuit était comme figée. L'odeur de renfermé du cellier s'était insinuée jusque dans les cheveux et les vêtements d'Alexandrine.

La serrant contre moi, j'eus l'impression qu'elle était ma propre fille, que nous étions faites de la même chair, du même sang. Nous partagions de la chaleur, et une sorte d'amour, je suppose, un puissant lien d'affection qui me rattachait à elle. Je me sentis plus proche d'elle alors que de quiconque dans ma vie, même de vous. Je pouvais lui confier tous mes fardeaux, elle comprendrait. Je respirai profondément. Je commençai à lui dire que cette maison était toute ma vie, que chaque pièce racontait une histoire, mon histoire, la vôtre. Depuis que vous étiez parti, je n'avais jamais trouvé un moyen de combler votre absence. Votre maladie n'avait en rien affaibli mon amour pour vous, au contraire.

Notre histoire d'amour était inscrite dans la structure interne, dans la beauté pittoresque de la maison. Elle était à jamais mon lien avec vous. En perdant la maison, je vous perdrais à nouveau. J'avais cru que cette maison vivrait éternellement, qu'elle serait toujours là, insensible au temps, aux batailles, comme l'église est toujours là aujourd'hui. Je pensais que cette maison vous survivrait, me survivrait, que d'autres garçons descendraient un jour l'escalier en courant, en riant, que d'autres jeunes filles brunes et minces se blottiraient sur le fauteuil près de la cheminée, d'autres messieurs liraient tranquillement près de la fenêtre. Quand je considérais l'avenir, ou que je m'y efforçais, je voyais toujours la maison, sa stabilité. Année après année, j'avais cru qu'elle conserverait la même odeur familière, les mêmes fissures sur les murs, le grincement des marches, les dalles disjointes dans la cuisine.

J'avais tort. La maison était condamnée. Et jamais je ne l'abandonnerais. Alexandrine m'écouta, très calmement, sans m'interrompre une seule fois. Je perdis la notion du temps, et ma voix continua de bourdonner dans la pénombre comme un étrange phare nous guidant vers le jour. Je pense qu'elle dut s'endormir au bout d'un moment, et je fis de même.

Quand j'ouvris les yeux, Gilbert était là, je l'entendais fourrager à l'étage tandis qu'une odeur de café descendait jusqu'à nous. Alexandrine bougea et marmonna quelques mots. J'écartai doucement les cheveux de son visage. Elle avait l'air si jeune, assoupie ainsi dans mes bras, sa peau fraîche et rosée. Je me demandai pourquoi aucun homme n'avait su trouver le chemin de son cœur. Je me demandai à quoi ressemblait sa vie, en dehors des fleurs. Se sentait-elle seule ? C'était une créature si mystérieuse. Quand elle s'éveilla enfin, je vis qu'elle peinait à se rappeler où elle était. Elle ne parvenait pas à croire qu'elle avait dormi là avec moi. Je l'emmenai en haut, où Gilbert avait préparé du café. Elle le regarda, eut un hochement de tête. Puis son visage s'adoucit quand elle se remémora notre conversation de la nuit. Elle me prit la main et la serra fermement avec une expression implorante, ardente. Mais je ne cédai pas. Je secouai la tête.

Soudain, sa figure s'empourpra, elle m'agrippa par les épaules et commença à me secouer violemment.

– Vous ne pouvez pas faire ça ! Vous ne pouvez pas faire ça, madame Rose !

Elle hurla ces mots, les joues baignées de larmes. Je tentai de la calmer, mais elle ne m'écoutait pas. Les traits déformés, elle était méconnaissable. Gilbert bondit, renversant du café par terre, et l'écarta de moi sans ménagement.

– Et ceux qui se soucient de vous, qui ont besoin de vous ? siffla-t-elle, la poitrine gonflée, se démenant pour se libérer. Que vais-je faire sans vous, madame Rose ? Comment pouvez-vous me laisser ainsi, ne voyez-vous pas à quel point votre décision est égoïste ? J'ai besoin de vous, madame Rose ; j'ai besoin de vous comme les fleurs ont besoin de la pluie. Vous m'êtes si précieuse. Ne le voyez-vous pas ?

Sa peine m'affecta profondément. Jamais je ne l'avais vue dans un tel état. Dix ans durant, Alexandrine avait incarné la femme maîtresse d'elle-même, pleine d'autorité. Elle savait se faire respecter. Personne n'avait jamais le dessus avec elle. Et la voilà qui sanglotait, les traits décomposés par le chagrin, les mains tendues vers moi. Comment pouvais-je faire cela, continuait-elle, comment pouvais-je être si cruelle, sans cœur ? N'avais-je point compris que j'étais comme une mère pour elle, que j'étais sa seule amie ?

J'écoutais. J'écoutais et pleurais aussi, en silence, n'osant plus la regarder. Les larmes ruisselaient sur mes joues.

– Vous pourriez venir vivre avec moi, gémit-elle, épuisée. Je m'occuperais de vous, je serais là pour vous protéger, vous savez que je ferais cela pour vous, madame Rose. Vous ne seriez jamais seule. Vous ne seriez plus jamais seule.

La voix de basse de Gilbert gronda, nous faisant sursauter toutes les deux.

– Ça suffira comme ça, mademoiselle, lança-t-il.

Elle se retourna vers lui, furieuse. Il la toisa, amusé, caressant sa barbe noire.

– C'est moi qui m'occupe de madame Rose. Elle n'est pas seule.

Alexandrine rejeta la tête en arrière avec mépris. Je fus heureuse de voir qu'elle avait retrouvé un peu de sa vivacité.

– Vous ? railla-t-elle.

– Oui, moi, rétorqua-t-il, se redressant de toute sa hauteur.

– Mais enfin, monsieur, vous reconnaissez sûrement que le projet de madame Rose de rester dans la maison est pure folie.

Il haussa les épaules, comme il le faisait toujours.

– C'est à madame Rose de décider. À elle seule.

– Si c'est là ce que vous pensez, monsieur, alors je crois que nous ne partageons pas les mêmes sentiments pour madame Rose.

Il lui prit le bras, la dominant d'un air menaçant.

– Qu'est-ce que vous savez des sentiments ? cracha-t-il. Mademoiselle qui a toujours dormi dans un lit propre, qui n'a jamais connu la faim, mademoiselle comme il faut avec son joli nez collé dans ses pétales de fleurs. Qu'est-ce que vous savez de l'amour, de la souffrance et de la peine ? Qu'est-ce que vous savez de la vie et de la mort ? Dites-le-moi.

– Oh, lâchez-moi, gémit-elle en se défaisant de son étreinte.

Elle traversa la cuisine vide et nous tourna le dos.

Il y eut un long silence. Je les regardais tour à tour, ces deux étranges créatures qui avaient pris une place si importante dans ma vie. Je ne savais rien de leur passé, de leurs secrets, et pourtant, ils me paraissaient curieusement semblables dans leur solitude, leur attitude, leur vêture. Grands, minces, drapés de noir, le visage pâle, les cheveux noirs et emmêlés. Le même éclat furieux dans les yeux. Les mêmes blessures cachées. Pourquoi Gilbert boitait-il ? Où était-il né, qui était sa famille, quelle était son histoire ? Pourquoi Alexandrine était-elle toujours seule ? Pourquoi ne parlait-elle jamais d'elle ? Je ne le saurais sans doute jamais.

Je leur tendis la main à tous deux. Leurs paumes étaient froides et sèches dans les miennes.

– Je vous en prie, ne vous disputez pas, fis-je posément. Vous comptez tant pour moi tous les deux en ces derniers instants.

Ils hochèrent la tête sans un mot, leurs yeux fuyant les miens.

Entre-temps, le jour s'était levé, d'une blancheur diffuse et d'un froid mordant. Me prenant par surprise, Gilbert me tendit le manteau et la toque de fourrure que j'avais portés la nuit où il m'avait emmenée visiter le quartier.

– Passez ça, madame Rose. Et vous, mademoiselle, allez chercher votre manteau. Habillez-vous chaudement.

– Où allons-nous ? m'enquis-je.

– Pas loin. Pour une heure tout au plus. Il faut faire vite. Faites-moi confiance. Ça va vous plaire. Vous aussi, mademoiselle.

Alexandrine obéit docilement. Je crois qu'elle était trop fatiguée et triste pour résister.

Dehors, le soleil brillait comme un curieux joyau, suspendu bas dans le ciel, presque blanc. Le froid était si vif que je le sentais m'entailler les poumons à chaque respiration. Ne supportant pas de revoir la rue Childebert en partie détruite, je gardai les yeux baissés. Boitant bas, Gilbert nous fit remonter en toute hâte la rue Bonaparte. Elle était déserte. Je ne vis pas âme qui vive, pas même un fiacre. La lumière blafarde, l'air glacial semblaient avoir étouffé toute vie. Où nous emmenait-il ? Nous poursuivîmes notre course, mon bras accroché à celui d'Alexandrine qui tremblait de la tête aux pieds.

Nous atteignîmes la rive où nous assistâmes à un spectacle époustouflant. Vous souvenez-vous de cet hiver implacable, juste avant la naissance de Violette, lorsque nous étions venus à cet endroit entre le pont des Arts et le Pont-Neuf voir passer d'énormes blocs de glace ? Cette fois, le froid était si rude que tout le fleuve avait gelé. Gilbert nous entraîna jusqu'aux quais, où deux péniches prises par les glaces ne bougeaient plus. J'hésitai, esquissai un pas de recul, mais Gilbert me répéta de lui faire confiance. Ce que je fis.

Le fleuve était recouvert d'une croûte grise épaisse et inégale. Aussi loin que portait mon regard, en direction de l'île de la Cité, les gens marchaient sur la Seine. Un chien cabriolait follement, sautant, aboyant et glissant parfois. Gilbert m'invita à être très prudente. Alexandrine courait devant, extatique, poussant des cris aigus d'enfant. Nous atteignîmes le milieu du fleuve. Je pouvais deviner les eaux brunes qui tourbillonnaient sous la glace. De temps à autre résonnaient de grands craquements qui m'effrayaient. Gilbert me dit à nouveau de ne pas avoir peur. Il faisait si froid qu'il y avait au moins un mètre de glace, m'assura-t-il.

Comme vous m'avez manqué à cet instant, Armand. On se serait cru dans un autre monde. Je regardai Alexandrine gambader avec le petit chien noir.

Le soleil se leva lentement, toujours aussi blême, et de plus en plus de Parisiens descendaient sur les rives. Les minutes étaient comme figées, à l'image de la couche de gel sous mes pieds. La clameur des voix et des rires. La bise glacée, piquante. Le cri des mouettes dans les airs.

Entourée du bras réconfortant de Gilbert, je sus que mon heure était venue. La fin était proche et le choix ne dépendait que de moi. Je pouvais encore faire marche arrière et quitter la maison. Mais je n'avais pas peur. Gilbert m'observa tandis que je gardais le silence à ses côtés, et je sentis qu'il lisait mes pensées.

Je me souvins du dernier repas que M. Helder avait donné dans son restaurant de la rue d'Erfurth. Tous les voisins étaient venus. Oui, nous étions tous là, M. et Mme Barou, Alexandrine, M. Zamaretti, le docteur Nonant, M. Jubert, Mme Godfin, Mlle Vazembert, Mme Paccard, M. Horace, M. Bougrelle, M. Monthier. Nous étions assis à ces longues tables que vous aimiez tant, sous les filets à chapeaux en bronze, près des murs jaunis par la fumée. Les fenêtres aux rideaux de dentelle ouvraient sur la rue Childebert et un bout de la rue d'Erfurth. Nous avions si souvent déjeuné et dîné ici. Vous aviez un faible pour le salé aux lentilles, moi pour la bavette. J'étais assise là, entre Mme Barou et Alexandrine, et ne pouvais simplement accepter que dans quelques semaines, quelques mois, tout cela aurait disparu. Ce fut un repas solennel et plutôt silencieux. Même les plaisanteries de M. Horace tombèrent à plat. Tandis que nous mangions nos desserts, M. Helder aperçut Gilbert qui boitillait dans la rue. Il savait que nous étions amis. Il ouvrit la porte et l'invita à entrer d'un ton bourru. La présence d'un chiffonnier dépenaillé ne sembla déranger personne. Gilbert s'assit, avec un hochement de tête respectueux pour chaque convive, et réussit malgré tout à déguster sa meringue avec une certaine distinction. Ses yeux, pétillant de joie, croisèrent les miens. Oh, il fut sans doute un garçon séduisant, autrefois. À la fin du déjeuner, tandis que nous prenions le café, M. Helder fit un discours maladroit. Il souhaitait nous remercier d'avoir été ses clients. Il partait pour la Corrèze, où son épouse et lui comptaient ouvrir un nouveau restaurant près de Brive-la-Gaillarde, où vivait sa belle-famille. Ils ne tenaient pas à rester dans une ville qui subissait des modernisations aussi radicales et qui, pensaient-ils, était en train de perdre son âme. Paris était devenu un autre Paris, déplora-t-il, et tant qu'il lui restait de l'énergie, il préférait l'emporter ailleurs et démarrer une nouvelle vie.

À l'issue de ce triste dernier repas *Chez Paulette*, je me retrouvai dans la rue avec Gilbert à mes côtés. Sa présence était réconfortante. Tout le voisinage avait commencé à faire ses bagages et à déménager. Des chariots et des fiacres étaient garés devant chaque maison. Les déménageurs devaient passer prendre mes meubles au début de la semaine suivante. Gilbert me demanda où je pensais me rendre. Jusqu'alors, ma réponse à cette question avait invariablement été : « Je vais chez ma fille Violette, près de Tours. » Mais curieusement, je sentis qu'avec cet homme, je pouvais être moi-même. Il n'était pas nécessaire de mentir.

Aussi, mon très cher, voici ce que je lui déclarai ce jour-là :

– Je ne pars pas. Je ne quitterai jamais ma maison.

Il sembla parfaitement comprendre ce qu'impliquait cette décision. Il hocha la tête, ne voulut même pas en savoir plus. La seule chose qu'il ajouta fut :

– Je suis là pour vous aider, madame Rose. Je vous aiderai par tous les moyens.

Je levai les yeux sur lui, scrutant ses traits.

– Et pourquoi donc, je vous prie ?

Il marqua un temps d'arrêt, ses longs doigts sales caressant sa longue barbe emmêlée.

– Vous êtes une personne rare, précieuse, madame Rose. Vous m'avez toujours soutenu ces dernières années. La vie n'a pas été tendre. J'ai perdu ceux qui m'étaient chers. J'ai perdu tous mes biens, ma maison, j'ai même cessé d'espérer. Mais quand je suis avec vous, j'ai le sentiment que subsiste une lueur d'espoir, même dans ce monde moderne que je ne comprends pas.

Ce fut sans conteste la phrase la plus longue qu'il prononça en ma présence. J'en fus émue, vous pouvez l'imaginer, et je peinai à trouver les mots justes. Ils ne vinrent pas. Je me contentai donc de lui tapoter la manche. Il hocha la tête avec un sourire. Dans ses yeux, la joie le disputait à la tristesse. Je voulais l'interroger sur ceux qui lui avaient été chers, mais entre lui et moi, il n'était question que de compréhension et de respect. Nous n'avions besoin ni de questions ni de réponses.

Je savais désormais que j'avais trouvé la seule personne qui ne me jugerait pas, celle qui jamais n'irait à l'encontre de ma volonté.

— Les travaux vont bientôt reprendre, m'annonça Gilbert en me raccompagnant à la maison.

Nous marchions lentement, car les rues étaient verglacées. Alexandrine était partie quand nous étions encore sur le fleuve. Elle ne nous avait pas dit au revoir, elle n'avait pas eu un regard pour moi. Je l'ai vue s'éloigner, vers le nord, le dos raide. Je savais à quel point elle était en colère au simple balancement rigide et menaçant de ses bras. Reviendrait-elle ? Tenterait-elle de m'arrêter ? Et que ferais-je dans ce cas ?

Nous avons aperçu des ouvriers au bout de la rue d'Erfurth, ou plutôt ce qu'il en restait, et Gilbert a dû faire preuve à la fois de ruse et de prudence pour nous ramener chez moi. Il est parti chercher à manger, et je suis assise dans ma cachette, toujours vêtue d'un manteau lourd et chaud.

Je n'ai plus beaucoup de temps. Je vais donc vous dire ce que vous devez savoir. Cela ne m'est pas facile. Aussi utiliserai-je des mots simples. Pardonnez-moi.

Je n'ai jamais su son nom complet. On l'appelait juste M. Vincent, et je ne suis pas sûre qu'il se soit agi de son prénom ou de son nom de famille. Vous ne vous souvenez sans doute pas de lui. Pour vous, il était insignifiant. Quand cela est arrivé, j'avais trente ans. Maman Odette était partie depuis trois ans. Violette avait presque huit ans.

La première fois que je le vis, c'était un matin, près de la fontaine, alors que je me promenais avec notre fille. Il était assis avec un groupe d'hommes que je ne connaissais pas. Je le remarquai simplement parce qu'il me dévisageait. Un type large, avec des taches de rousseur, des cheveux blonds coupés court et la mâchoire carrée. Il était plus jeune que moi et aimait regarder les femmes, je ne tardai pas à le comprendre. Il avait quelque chose de vulgaire, ses vêtements, peut-être, ou son comportement.

Dès le début, il me déplut. Il avait une expression fausse, un sourire factice qui lui tordait le visage.

– Oh, c'est un homme à femmes, m'avait murmuré Mme Chanteloup par-dessus nos chemises amidonnées.

– Qui ? avais-je demandé, pour en être sûre.

– Ce jeune homme, ce M. Vincent. Le nouveau qui travaille avec M. Jubert.

Chaque fois que je mettais le pied dehors, pour me rendre au marché, emmener ma fille à ses leçons de piano, aller sur la tombe de Maman Odette, il était là, rôdant sur le seuil de l'imprimerie, comme s'il attendait. J'étais certaine qu'il me guettait tel un prédateur, ce qui m'agaçait. Je ne me sentais jamais à l'aise en sa présence. Ses yeux luisants avaient cette façon de se ficher dans les miens.

Que voulait donc ce jeune homme ? Pourquoi m'attendait-il, tous les matins ? Qu'espérait-il ? Au début, il me gênait tant que je le fuyais. Quand je voyais sa silhouette se découper devant le bâtiment, je filais, tête baissée, comme si j'avais quelque affaire urgente à régler. Je me souviens même de vous avoir dit à quel point ce jeune homme m'importunait. Vous aviez ri. Vous trouviez flatteur que ce jeune homme courtisât votre épouse. Cela veut dire que ma Rose est toujours fraîche, qu'elle est toujours belle, aviez-vous dit, m'embrassant tendrement sur le front. Ce qui ne m'avait guère amusée. N'auriez-vous pu vous montrer un peu plus possessif ? J'aurais apprécié un sursaut de jalousie. M. Vincent changea d'attitude quand il comprit que je n'avais pas l'intention de lui parler. Il se montra soudain d'une grande politesse, presque déférent. Il se précipitait pour m'aider si je portais mes commissions ou si je descendais d'un fiacre. Il devint tout à fait agréable.

Petit à petit, ma méfiance se dissipa. Son charme agit, lentement, mais sûrement. Je m'habituai à sa chaleur, à ses salutations.

Et je commençai même à les solliciter. Oh, mon très cher, sommes-nous donc futiles, nous autres femmes ! Quelle idiotie. J'étais là, à savourer bêtement les attentions constantes de ce jeune homme. Qu'un jour je ne l'aperçoive pas, et je me demandais où il était. Et quand je le voyais, je me mettais à rougir. Oui, il savait y faire avec les femmes. Et j'aurais dû être sur mes gardes.

Le jour où cela arriva, vous étiez en voyage. D'une quelconque façon, il en avait eu vent. Vous étiez parti visiter une propriété avec votre notaire, hors de la ville. Vous ne seriez de retour que le lendemain. Germaine et Mariette n'étaient pas encore à notre service. Une jeune fille passait, mais quand elle repartait à la fin de la journée, je me retrouvais seule avec Violette.

Ce soir-là, il tapa à la porte alors que je venais de finir de dîner en solitaire. Je regardai en bas dans la rue Childebert, ma serviette aux lèvres, et je le vis debout, là, son chapeau entre les mains. Je m'écartai de la fenêtre. Que diable voulait-il ? Je ne descendis pas lui ouvrir, aussi charmant s'était-il montré les temps derniers. Enfin, il s'en alla, et je me crus en sécurité. Toutefois, une heure plus tard environ, alors que la nuit était tombée, j'entendis de nouveau frapper. J'étais sur le point de me coucher. Je portais ma chemise de nuit bleue et ma robe de chambre. Notre fille dormait à l'étage. La maison était silencieuse, plongée dans l'obscurité. Je descendis. Je n'ouvris pas, mais demandai qui était là.

– C'est moi, Monsieur Vincent. Je veux seulement vous parler, madame Rose, juste une minute. S'il vous plaît, ouvrez-moi.

Sa voix était empreinte de douceur. La même gentille voix dont il avait usé au cours des semaines passées. Elle m'abusa, et je lui ouvris.

Il se rua à l'intérieur, trop vite. Son haleine empestait l'alcool. Il me regarda, comme un fauve considère sa proie. Ces yeux luisants. Une peur glacée me transperça jusqu'aux os. Et je compris que j'avais commis une terrible erreur en le laissant entrer. Il ne perdit pas de temps en paroles. Il se jeta sur moi avec ses mains constellées de taches de rousseur, un geste hideux, avide, ses doigts enserrant cruellement mes bras, son souffle brûlant sur mon visage. Je parvins à m'arracher à lui dans un sanglot, réussis à grimper les marches quatre à quatre, un hurlement muet me déchirant la gorge. Mais il était trop rapide. Il m'agrippa au cou alors que je pénétrais dans le salon, et nous nous affalâmes sur le tapis, ses mains immondes sur ma poitrine, sa bouche humide glissant sur la mienne.

Je tentai de le raisonner, tentai de lui dire que c'était mal, terriblement mal, que ma fille était dans la chambre à l'étage, que vous alliez rentrer, qu'il ne pouvait faire cela. Il ne le pouvait pas.

Il s'en moquait. Il n'écoutait pas, peu lui importait. Il me maîtrisa, me plaqua au sol. J'eus peur que mes os ne rompent sous son poids. Je veux que vous compreniez qu'il n'y avait rien que j'eusse pu faire. Rien.

Je me défendis, me battis aussi férocement que possible. Je tirai sur ses cheveux gras, me tortillai, lançai des coups de pied, mordis, crachai. Mais je ne pouvais me résoudre à hurler, car ma fille était juste au-dessus, et je ne pouvais supporter l'idée de la voir descendre et assister à tout cela. Je souhaitais par-dessus tout la protéger.

Quand je compris qu'il était vain de me battre, je me figeai, telle une statue. Je pleurai. Je pleurai tout du long, mon très cher. Je pleurai en silence. Il parvint à ses fins. Je me retranchai à l'écart de cet instant abominable. Je me souviens d'avoir contemplé le plafond et ses fissures infimes, d'avoir attendu que cesse cette épreuve. Je pouvais sentir le parfum poussiéreux de notre tapis, et l'odeur affreuse, la puanteur d'un étranger dans ma maison, dans mon corps. Tout se passa très vite, guère plus de quelques minutes, mais pour moi, cela dura un siècle. Un rictus obscène lui déformait le visage, sa bouche grande ouverte, les coins plissés vers le haut. Je n'oublierai jamais ce sourire monstrueux, le scintillement de ses dents, sa langue pendante.

Il partit sans un mot, avec un sourire méprisant, et je restai là, comme un cadavre. Puis je me relevai en rampant et me rendis dans notre chambre. Je versai de l'eau pour me laver. L'eau glacée me fit ciller. Ma peau était meutrie, tout mon corps n'était que douleur. J'aurais voulu me recroqueviller dans un coin pour hurler. Je crus devenir folle. Je me sentais sale, contaminée.

La maison n'était pas sûre. Quelqu'un y était entré. Quelqu'un l'avait violentée. Je pouvais presque sentir ses murs trembler. Il ne lui avait fallu quelques minutes, mais le forfait était accompli, la blessure infligée.

Ses yeux luisants. Ses mains avides. C'est cette nuit-là que le cauchemar vint me hanter pour la première fois. Je me levai pour aller voir ma fille. Elle dormait toujours, toute chaude et assoupie. Je me jurai que jamais je ne parlerais de cela à quiconque. Pas même au père Levasque en confession. Je ne pouvais même pas l'évoquer dans mes prières les plus intimes.

Du reste, à qui aurais-je pu me confier ? Je n'étais pas proche de ma mère. Je n'avais pas de sœur. Ma fille était bien trop jeune. Et je ne pouvais me décider à vous le dire. Qu'auriez-vous fait ? Comment auriez-vous réagi ? Dans ma tête, je revivais la scène, encore et encore. Ne l'avais-je pas incité ? Ne l'avais-je pas laissé me courtiser par inadvertance ? N'était-ce pas ma faute ? Comment avais-je pu lui ouvrir la porte seulement vêtue de ma chemise de nuit ? Mon attitude n'avait pas été convenable. Comment avais-je pu me laisser duper par le son de sa voix à travers la porte ?

Et si je vous l'avais dit, cet affreux événement ne vous aurait-il pas profondément humilié ? N'auriez-vous pas cru que j'avais une liaison, que j'étais sa maîtresse ? Je ne pouvais supporter une telle honte. Je ne pouvais imaginer votre réaction. Je ne pouvais supporter les commérages, les bavardages, de marcher dans la rue Childebert, la rue d'Erfurth, avec tous ces yeux rivés sur moi, les sourires entendus, les coups de coude, les chuchotements.

Personne ne saurait. Personne ne saurait jamais.

Le lendemain matin, il était là, à fumer à la devanture de l'imprimerie. Je craignis de ne pas avoir la force de sortir de la maison. Pendant un moment, je traînai là, prétendant chercher mes clés dans mon sac. Puis je parvins à faire quelques pas jusqu'aux pavés. Je levai les yeux. Il était face à moi. Une longue griffure lui balafrait la joue. Il me fixa directement, ouvertement, avec quelque chose de fanfaron dans la posture. Il fit lentement glisser sa langue sur sa lèvre inférieure. Je rougis et détournai le regard.

Je le haïs à cet instant. Je brûlais de lui arracher les yeux. Combien d'hommes comme lui sévissent impunément dans nos rues ? Combien de femmes souffrent en silence parce qu'elles se sentent coupables, parce qu'elles ont peur ? Ces hommes font du silence leur loi. Il savait que je ne le dénoncerais jamais. Il savait que je ne vous le dirais jamais. Il avait raison.

Où qu'il soit aujourd'hui, je ne l'ai pas oublié. Trente ans ont passé, je n'ai jamais plus posé les yeux sur lui, et pourtant je le reconnaîtrais immédiatement. Je me demande ce qu'il est devenu, en quel vieillard il s'est transformé. A-t-il jamais soupçonné à quel point il avait bouleversé mon existence ?

Quand vous êtes rentré le lendemain, vous souvenez-vous comme je vous ai serré dans mes bras, comme je vous ai embrassé ? Je me suis accrochée à vous comme si ma survie en dépendait. Cette nuit-là, vous m'avez prise, et j'ai eu le sentiment que c'était la seule façon d'effacer le passage de cet autre homme.

Peu après, M. Vincent disparut de notre quartier, mais depuis, je n'ai plus jamais dormi à poings fermés.

Ce matin, Gilbert est de retour avec du pain chaud et quelques ailes de poulet rôti. Il ne cesse de me lancer des coups d'œil tandis que je mange. Je lui demande ce qui se passe.

– Ils arrivent, finit-il par lâcher. Le froid est terminé.

Je ne réponds pas.

– On a encore le temps, murmure-t-il.

– Non, dis-je avec fermeté.

De la paume, j'essuie mon menton maculé de graisse.

– Très bien.

Il se lève, maladroitement, et me tend la main.

– Que faites-vous ? demandé-je.

– Je ne vais pas rester là pour voir ça, grommelle-t-il.

À mon grand désarroi, des larmes s'échappent de ses yeux. Je ne sais que dire. Il m'attire à lui, ses bras enserrent mon dos comme deux énormes branches noueuses. Tout près, sa puanteur est accablante. Puis il recule, gêné. Il farfouille dans sa poche et en sort une fleur mal en point. C'est une petite rose ivoire.

– Si jamais vous changez d'avis… commence-t-il.

Un dernier regard. Je secoue la tête.

Et il est parti.

Je suis calme, mon bien-aimé. Je suis prête. Je les entends maintenant, le tonnerre lent et inexorable de leur approche, les voix, la clameur. Je dois me hâter de vous raconter la fin de l'histoire. Je pense que vous savez maintenant, que vous avez compris.

J'ai glissé la rose de Gilbert dans mon corsage. Ma main tremble tandis que j'écris ceci, et ce n'est pas de froid, ce n'est pas la peur des ouvriers qui marchent sur la maison. C'est le fardeau de l'instant, de ce dont je dois enfin me délester.

Le petit garçon était encore bébé. Il ne savait pas marcher. Nous étions dans les jardins du Luxembourg avec la gouvernante, près de la fontaine Médicis. C'était un beau jour venteux de printemps, le jardin regorgeait d'oiseaux et de fleurs. Beaucoup de mères y avaient emmené leurs enfants. Vous n'étiez pas là, de cela je suis sûre. Je portais un joli chapeau, mais le ruban bleu ne cessait de se défaire, dansant derrière moi dans les bourrasques. Oh, comme Baptiste riait.

Quand le vent fit d'un coup s'envoler le chapeau, il explosa de joie, ses lèvres dessinant un large sourire. Son visage prit une expression fugace, la bouche déformée en un rictus que j'avais déjà vu et n'avais pu effacer de mon esprit. Un rictus hideux. Ce fut une vision d'horreur qui me transperça comme une dague. Ma main agrippa mon corsage et je réprimai un cri. Inquiète, la jeune gouvernante me demanda si je me sentais bien. Je me repris. Mon chapeau était parti, bondissant sur le chemin poussiéreux comme quelque animal sauvage. Baptiste pleurnicha en le montrant du doigt. Je parvins à retrouver mon assurance et partit le récupérer en titubant. Mais tout du long, mon cœur battit la chamade.

Ce sourire, ce rictus. Je risquais de rendre mon déjeuner, sur l'heure. Ce que je fis. Je ne sais pas comment je réussis à rentrer. La jeune fille m'y aida. Je me souviens qu'une fois à la maison, je montai directement dans notre chambre et passai le reste de la journée au lit, les rideaux tirés.

Longtemps, très longtemps, j'eus la sensation d'être enfermée dans une cellule sans fenêtre ni porte. Un lieu sombre, oppressant. Des heures durant, je tentai de trouver une issue, persuadée qu'elle se dissimulait quelque part sous les motifs du papier peint, et mes paumes et mes doigts glissaient sur les murs, en quête d'un chambranle de porte, désespérée. Il ne s'agissait pas d'un rêve. L'image imprégnait mon esprit, elle perdurait tandis que je vaquais à mes tâches quotidiennes, que je m'occupais de mes enfants, de ma maison, de vous. Encore et toujours, cette cellule me suffoquait mentalement. Parfois, je devais me réfugier dans le petit cabinet qui jouxtait notre chambre afin de me calmer.

Je ne posai plus jamais le pied à l'endroit précis où l'acte avait été commis, à quelques pas de là où Maman Odette avait rendu son dernier soupir. Il me fallut des mois, des années, pour effacer de ma mémoire ce qui s'était passé, pour que s'estompe l'horreur. Jour après jour, chaque fois que je contournais l'emplacement sur le tapis, c'était le souvenir que j'évitais aussi. Je l'occultais, l'effaçais, comme on l'aurait fait d'une tache. Jusqu'à ce que le tapis soit un jour remplacé. Comment ai-je tenu ? Comment ai-je pu faire face ? J'y suis parvenue, c'est tout. Je me suis redressée, comme un soldat avant la bataille. Mon amour radieux pour mon fils et pour vous triompha de la monstrueuse vérité.

Encore aujourd'hui, mon amour, je ne peux écrire les mots, je ne peux formuler les phrases qui exprimeraient cette vérité. Mais la culpabilité n'a jamais cessé de peser sur moi. Et quand Baptiste mourut, comprenez-vous maintenant pourquoi j'étais convaincue que le Seigneur me punissait pour mes péchés ?

À la mort de notre fils, je voulus me tourner vers Violette. Elle était mon seul enfant désormais. Mais jamais elle ne me laissa l'aimer. Hautaine, distante, un rien dédaigneuse, elle semblait considérer que je valais moins que vous. Aujourd'hui, avec la distance que confère l'âge, je vois qu'elle a peut-être souffert de ce que je lui préférais son frère. Je comprends à présent que ce fut là ma plus grande faute en tant que mère, que d'aimer Baptiste plus que Violette, et de le montrer. Que cela dut lui sembler injuste. C'était toujours à lui que je donnais la pomme la plus brillante, la poire la plus sucrée. Le fauteuil à l'ombre était pour lui, pour lui encore le lit le plus moelleux, la meilleure vue au théâtre, le parapluie s'il pleuvait. Profita-t-il jamais de ces avantages ? Nargua-t-il sa sœur ? Peut-être le fit-il, à notre insu. Peut-être accentua-t-il l'impression qu'elle avait d'être moins aimée.

Je m'efforce de réfléchir à tout cela avec calme. Mon amour pour Baptiste fut la force la plus puissante de ma vie. Étiez-vous convaincu que je ne pouvais aimer que lui ? Vous êtes-vous senti vous aussi rejeté ? Je me souviens qu'un jour, vous m'avez dit que j'étais obsédée par notre garçon. Je l'étais. Et quand la hideuse réalité m'a éclaté au visage, je ne l'en ai aimé que plus. J'aurais pu le haïr, j'aurais pu le repousser, mais non, mon amour n'en fut que plus fort, comme si je devais désespérément le protéger de ses terrifiantes origines.

Après son décès, vous rappelez-vous, je ne pus me débarrasser d'aucune de ses affaires. Pendant des années, sa chambre fut une sorte d'autel, un temple à l'amour que je vouais à mon petit garçon adoré. J'y restais assise dans un état proche de la stupeur, et je pleurais. Vous étiez gentil et prévenant, mais vous ne compreniez pas. Comment l'auriez-vous pu ? Violette, qui devenait une jeune fille, méprisait mon chagrin. Oui, j'avais le sentiment d'avoir été châtiée. Mon prince d'or m'avait été enlevé car j'avais péché, et n'avais pu prévenir cette agression. Parce qu'elle avait été ma faute.

Ce n'est que maintenant, Armand, alors que j'entends approcher l'équipe de démolition dans la rue, leurs voix fortes, leurs rires grossiers, leur belligérance attisée par cette répugnante mission, qu'il me semble que l'agression dont je fus victime va se répéter. Cette fois, voyez-vous, ce n'est pas M. Vincent qui me soumettra à sa volonté, usant de sa virilité comme d'une arme, non, c'est un serpent colossal de pierre et de ciment qui va réduire la maison à néant, qui me projettera dans l'oubli. Et derrière cet horrible reptile de pierre se dresse celui qui le commande. Mon ennemi. Cet homme barbu, cet homme de la maison. Lui.

Cette maison est mon corps, ma peau, mon sang, mes os. Elle me porte en elle comme j'ai porté nos enfants. Elle a été endommagée, elle a souffert, elle a été violentée, elle a survécu, mais aujourd'hui, elle va s'écrouler. Aujourd'hui, rien ne peut la sauver, rien ne peut me sauver. Il n'y a rien là-dehors, Armand, rien ni personne à qui je veuille m'accrocher. Je suis une vieille dame maintenant, il est temps pour moi de m'éclipser.

Après votre mort, un gentilhomme m'a un temps poursuivie de ses assiduités. Un veuf respectable, M. Gontrand, joyeux personnage à la panse rebondie et aux longs favoris. Il s'était fort entiché de moi. Une fois par semaine, il venait me présenter ses hommages, avec une petite boîte de chocolats ou un bouquet de violettes. Je crois qu'il s'était également pris d'amour pour la maison et pour le revenu du loyer des deux boutiques. Ah oui, elle est maligne, votre Rose. Sa compagnie était plaisante, je le concède. Nous jouions aux dominos et aux cartes, et je lui offrais un verre de madère. Il s'en allait toujours juste avant le souper. Puis il se montra plus entreprenant, mais il finit par comprendre que je ne tenais pas à devenir son épouse. Toutefois, nous restâmes amis, au fil des ans. Je ne voulais pas me remarier, comme l'avait fait ma mère. Maintenant que vous n'êtes plus là, je préfère être seule. Je suppose qu'il n'y a qu'Alexandrine pour le comprendre. Je dois encore vous avouer une chose. Elle est la seule personne qui me manquera. Elle me manque déjà. Toutes ces années après votre départ, elle m'a offert son amitié, et ce fut un cadeau inestimable.

Curieusement, dans ces derniers et terribles instants, je me surprends à penser à la baronne de Vresse. En dépit de la différence d'âge et de rang, j'ai eu le sentiment que nous aurions pu devenir amies. Et je vous avouerai que j'ai envisagé de me servir de ses liens avec le préfet pour attirer son attention et sauver notre maison. N'assistait-elle pas à ses fêtes ? N'était-il pas venu rue Taranne, non une fois, mais deux ? Mais voyez-vous, je ne m'y suis jamais résolue. Je n'ai jamais osé. Je la respectais trop.

Je pense à elle, alors que je me blottis ici, tremblante, et je me demande si elle a seulement idée de ce que je suis en train de vivre. Je pense à elle dans cette belle et noble demeure, avec sa famille, ses livres, ses fleurs et ses réceptions. Son service à thé en porcelaine, ses crinolines mauves et sa beauté. La grande salle lumineuse où elle recevait ses invités. Le soleil éclaboussant de lumière le plancher vénérable et brillant. La rue Taranne est dangereusement proche du nouveau boulevard Saint-Germain. Ses charmantes petites filles grandiront-elles ailleurs ? Louise Églantine de Vresse supporterait-elle de perdre sa maison familiale, qui se dresse fièrement à l'angle de la rue du Dragon ? Je ne le saurai jamais.

Je pense à ma fille qui m'attend à Tours, et qui se demande où je suis. Je pense à Germaine, ma loyale et fidèle Germaine, qui s'inquiète sans aucun doute de mon absence. A-t-elle deviné ? Sait-elle que je me cache ici ? Tous les jours, ils doivent espérer une lettre, un signe, ils doivent lever la tête quand ils entendent le claquement de sabots au portail. En vain.

Mon dernier rêve ici m'a semblé prémonitoire. Je flottais dans le ciel, comme un oiseau, et contemplais notre ville. Et je ne voyais que des ruines calcinées, d'un rouge luisant, celles d'une ville ravagée, dévorée par un immense incendie. L'Hôtel de Ville flambait comme une torche, immense carcasse spectrale sur le point de s'effondrer. Tous les travaux du préfet, tous les plans de l'empereur, tous les symboles de leur cité moderne et parfaite avaient été annihilés. Il ne restait rien, que la désolation des boulevards et de leurs lignes droites, traçant dans les braises des sillons semblables à des cicatrices sanguinolentes. Plutôt que de la tristesse, un étrange soulagement s'emparait de moi tandis que le vent poussait un nuage de cendres noires dans ma direction. Alors que je m'éloignais à tire-d'aile, le nez et la bouche emplis de cendres, j'éprouvais une joie inattendue. C'en était fini du préfet, fini de l'empereur. Même si ce n'était qu'un rêve, j'avais assisté à leur chute. Et je m'en étais délectée.

Ils s'acharnent maintenant sur l'entrée. Fracas et détonations. Mon cœur bondit. Ils sont dans la maison, mon bien-aimé. J'entends leurs pas lourds monter et descendre l'escalier, j'entends leurs voix rudes résonner dans les pièces vides. Ils veulent sans doute vérifier qu'il n'y a personne. J'ai fermé la trappe qui mène au cellier. Je ne pense pas qu'ils penseront à me chercher par là. Ils ont reçu confirmation que les propriétaires avaient quitté les lieux. Ils sont fermement convaincus que Mme veuve Armand Bazelet a déménagé il y a quinze jours. Toute la rue est déserte. Personne ne vit plus dans la rangée de maisons fantomatiques, les dernières à se dresser encore courageusement rue Childebert.

C'est ce qu'ils croient. Combien ont fait comme moi ? Combien de Parisiens ne se rendront pas au préfet, à l'empereur, au prétendu progrès ? Combien de Parisiens dissimulés dans leurs caves parce qu'ils ne veulent pas abandonner leurs maisons ? Je ne le saurai jamais.

Ils descendent par ici. Des pas font trembler le sol au-dessus de ma tête. J'écris ces lignes aussi vite que je le peux. Des lettres gribouillées. Peut-être devrais-je éteindre la chandelle! Peuvent-ils deviner la lueur de la flamme par les fissures dans le bois? Oh, attendez... ils sont déjà repartis.

Un long moment, il n'y a plus que le silence. Que le battement de mon cœur et le grattement de la plume sur le papier. Quelle lugubre attente. Je tremble de tout mon être. Je me demande ce qui se passe. Je n'ose sortir du cellier. Je crains de devenir folle. Pour m'apaiser, je prends un court roman intitulé *Thérèse Raquin*. C'est l'un des derniers ouvrages que m'a suggérés M. Zamaretti avant de quitter sa librairie, et qu'il m'est impossible de refermer. Il s'agit de l'histoire épouvantable et fascinante d'un couple de manipulateurs adultères. L'auteur, Émile Zola, n'a même pas trente ans. Son livre a suscité une formidable réaction. Un journaliste l'a brocardé comme de la « littérature putride », un autre a affirmé que c'était de la pornographie. Bien peu l'ont approuvé. Une chose est sûre, ce jeune auteur laissera sa marque, d'une façon ou d'une autre.

Comme vous devez être surpris de me voir lire cela. Mais comprenez-vous, Armand, il est juste de dire que la lecture de M. Zola nous confronte brutalement aux pires aspects de la nature humaine. L'écriture de M. Zola n'a rien de romantique, ni de noble, d'ailleurs. Le style est remarquablement vivant, plus osé encore, je trouve, que celui de M. Flaubert ou de M. Poe. Peut-être parce que l'œuvre est si moderne? Ainsi, la scène de triste réputation dans la morgue de la ville (cet établissement près du fleuve, où vous et moi ne nous rendîmes jamais en dépit de la popularité croissante de ses visites publiques) est sans aucun doute l'un des passages les plus évocateurs qu'il m'ait été donné de lire de toute ma vie. Plus macabre encore que ce qu'a accompli M. Poe. Comment votre Rose si douce, si effacée, peut-elle approuver telle littérature ? C'est une bonne question. Votre Rose a un côté obscur. Votre Rose a des épines.

Soudain, je les entends parfaitement, même d'ici. Je les entends se rassembler sur le toit de la maison, essaim d'insectes répugnants armés de pioches, et je discerne les premiers coups. Ils s'attaquent d'abord au toit, puis ils descendent peu à peu. Il leur faudra encore du temps avant de parvenir jusqu'à moi. Mais ils finiront par m'atteindre.

J'ai encore le temps de fuir. Encore le temps de me ruer dans l'escalier, de déverrouiller la trappe et de filer dans l'air froid. Quel spectacle, une vieille femme en manteau de fourrure sale, les joues maculées de crasse. Encore une chiffonnière, se diront-ils. Je suis certaine que Gilbert est là, je suis sûre qu'il m'attend, qu'il espère que je franchirai cette porte.

Cela m'est encore possible. Je peux choisir la sécurité. Je peux laisser la maison s'écrouler, sans moi. Ce choix, je l'ai encore. Écoutez, je ne suis pas une victime, Armand. C'est ce que je veux faire. Mourir avec la maison. Être enfouie sous elle. Comprenez-vous ?

Le bruit est affreux à présent. Chaque coup de pioche qui creuse dans l'ardoise, dans la pierre, est un coup qui s'enfonce dans mes os, dans ma peau. Je pense à l'église, qui observe paisiblement tout cela. Elle a été le témoin de siècles de massacres. Ce jour ne fera guère de différence. Qui le saura ? Qui me trouvera sous les gravats ? Au début, je craignais de ne pouvoir reposer à vos côtés, au cimetière. Maintenant, je suis convaincue que cela n'a aucune importance. Nos âmes sont déjà réunies.

Je vous ai fait une promesse et je la tiendrai. Je ne laisserai pas cet homme s'emparer de notre maison vide.

Il me devient de plus en plus difficile de vous écrire, mon amour. La poussière se fraie un chemin jusqu'à moi. Elle me fait tousser, ma respiration est sifflante. Combien de temps cela va-t-il prendre ? Des craquements et des grondements horribles maintenant. Toute la maison frissonne, comme un animal qui souffre, comme un navire au plus fort d'une tempête déchaînée.

C'est indicible. Je veux fermer les yeux. Je veux penser à la maison telle qu'elle était quand vous étiez encore là, dans toute sa gloire, quand Baptiste était en vie, quand nous recevions des invités chaque semaine, quand des mets couvraient la table, que le vin coulait à flots, que la salle à manger résonnait de rires.

Je pense à notre bonheur, je pense à la vie simple et heureuse tissée entre ces murs, la fragile tapisserie de nos existences. Je pense aux hautes fenêtres qui brillaient pour moi dans la nuit, dont la lumière chaleureuse me guidait quand je revenais de la rue des Ciseaux. Et là, debout, vous m'attendiez. Je pense à notre quartier condamné, à la beauté simple des ruelles qui s'élançaient de l'église et dont personne ne se souviendra.

Oh, quelqu'un manipule la trappe, mon cœur bondit alors que je vous griffonne ces mots, en proie à la panique. Je refuse de partir, je ne partirai pas. Comment peuvent-ils m'avoir trouvée ici ? Qui leur a dit où je me cachais ? Une clameur, des cris, une voix aiguë qui hurle mon nom, encore et encore. Je n'ose bouger. Il y a tant de bruit, je ne peux déceler qui m'appelle…

Serait-ce… ? La chandelle vacille dans l'épaisse poussière, je n'ai nulle part où me cacher. Seigneur, aidez-moi… Je ne peux pas respirer. Le tonnerre au-dessus. Voici que la flamme s'éteint, j'écris ceci dans les ténèbres, à la hâte, dans la peur, quelqu'un descend…

Le Petit Journal, 28 janvier 1869

Une macabre découverte a été effectuée dans l'ancienne rue Childebert, rasée pour le percement du nouveau boulevard Saint-Germain. Tandis qu'ils évacuaient les gravats, des ouvriers sont tombés sur les corps de deux femmes dissimulées dans le cellier de l'une des maisons démolies. Les victimes ont été identifiées. Il s'agit de Rose Cadoux, âgée de 59 ans, veuve d'Armand Bazelet, et d'Alexandrine Walcker, âgée de 29 ans, célibataire, employée chez un fleuriste de la rue de Rivoli. Il semblerait qu'elles aient été tuées par la destruction de la maison. Les raisons de la présence de ces femmes dans une zone qui avait été évacuée pour les embellissements commandités par l'équipe du préfet n'ont pas encore été éclaircies. Cependant, Mme Bazelet avait obtenu un entretien l'été dernier à l'Hôtel de Ville, au cours duquel il avait été consigné qu'elle refusait de quitter sa propriété. La fille de Mme Bazelet, Mme Laurent Pesquet, de Tours, dit avoir attendu sa mère depuis trois semaines. Contacté par notre journaliste, l'avocat de la préfecture a déclaré que le préfet se refusait à tout commentaire.

Note de l'auteur

Je suis née et j'ai grandi à Paris, j'aime ma ville comme tous les Parisiens. J'ai toujours été fascinée par sa richesse et son histoire. Entre 1852 et 1870, Napoléon III et le baron Haussmann ont offert à Paris une modernité dont la cité avait grand besoin. Ils ont fait d'elle ce qu'elle est aujourd'hui.

Mais je me suis souvent demandé ce que les Parisiens avaient pu ressentir en assistant à ces bouleversements. Et ce que cela avait dû être de perdre une maison aimée. Ces dix-huit années « d'embellissements », avant que l'insurrection de la Commune ne s'empare de la ville, ont sans doute été un enfer pour les Parisiens. Zola l'a brillamment dépeint, et critiqué, dans *La Curée*. Victor Hugo et Baudelaire ont eux aussi exprimé leur mécontentement, tout comme les frères Goncourt. Mais aussi honni qu'ait pu être Haussmann, ses travaux restent essentiels à la création d'un Paris véritablement moderne.

Dans ce roman, j'ai pris quelques libertés avec les dates et les lieux. Toutefois, la rue Childebert, la rue d'Erfurth, la rue

Taranne et la rue Sainte-Marguerite existaient bel et bien, il y a cent quarante ans, dans le quartier de Saint-Germain-des-Prés. Tout comme la place Gozlin, la rue Beurrière, le passage Saint-Benoît et la rue Sainte-Marthe.

La prochaine fois que vous emprunterez le boulevard Saint-Germain, rendez-vous au coin de la rue du Dragon, juste devant le café de Flore. Vous remarquerez une rangée d'antiques immeubles, qui se dressent miraculeusement entre d'autres de style haussmannien. Ce sont les vestiges d'un des côtés de la vieille rue Taranne, où vivait le personnage fictif de la baronne de Vresse. Un célèbre créateur américain y a sa boutique phare, qui aurait fort bien pu être la demeure de la baronne. Jetez un coup d'œil à l'intérieur.

Quand vous remontez la rue des Ciseaux, en direction de l'église, essayez d'oublier le boulevard bruyant devant vous, et imaginez la rue d'Erfurth, petite et étroite, qui vous mène tout droit à la rue Childebert, qui se trouvait exactement là où est aujourd'hui située la station de métro de Saint-Germain-des-Prés, sur la gauche. Et si jamais vous apercevez une coquette sexagénaire aux cheveux argentés, une grande brune à son bras, alors, peut-être venez-vous de croiser Rose et Alexandrine rentrant chez elles.

Tatiana de Rosnay
Paris, janvier 2011

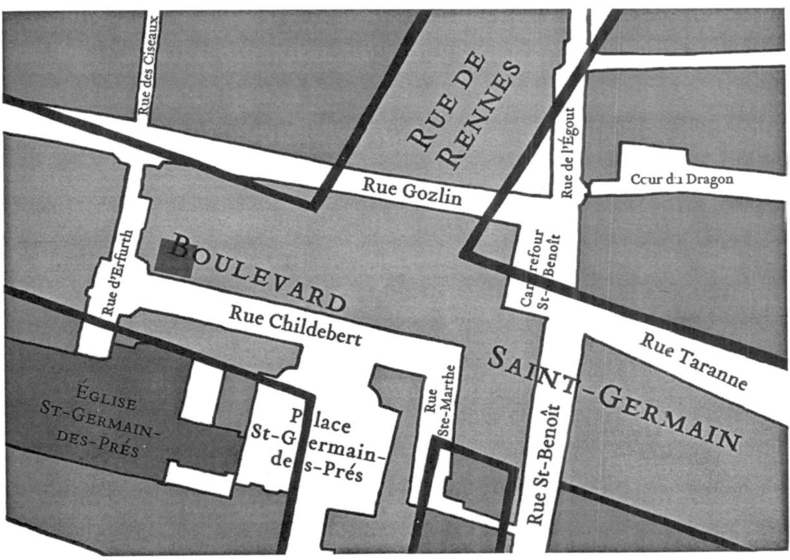

Saint-Germain-des-Prés avant et après les travaux d'Haussmann.

■ La maison de Rose, 6 rue Childebert.

Je tiens avant tout à remercier

l'historien Didier Le Fur, qui m'a initiée à l'univers
de la Bibliothèque nationale,

et Véronique Vallauri, dont la boutique de fleurs
m'a inspirée celle d'Alexandrine.

Merci à toute l'équipe d'Eho.

Achevé d'imprimer
sur Roto-Page
par l'Imprimerie Floch
à Mayenne,
en février 2011.
Dépôt légal :
février 2011.
Numéro d'imprimeur :
78915

Imprimé en France.